Yuhto & Dick
「DEADLOCK」

「……ユウト。誘惑するな。
俺はもう限界なんだ」
ディックのかすれた声に欲情を感じる。
自制心など捨て去って欲しかった。
焦れったくなり、今度は唇にキスをした。
（本文P.262より）

DEADLOCK

英田サキ

キャラ文庫

この作品はフィクションです。
実在の人物・団体・事件などにはいっさい関係ありません。

目次

口絵・本文イラスト／高階 佑

——足音が近づいてくる。

暗闇の中に横たわりながら、ユウトは耳を澄ました。足音に混ざってカチャカチャという金属の擦れ合う音も聞き取れる。

もしかしてと気持ちははやったが、期待するのはよせと強く言い聞かせた。この二週間、あの足音に何度失望させられたことか。

「ユウト・レニックス、起きろ」

鋭い声が留置所の狭い独房に響いた。ユウトは目を開き、何もない壁をじっと見つめた。

「起きるんだっ」

保安官助手が苛立《いらだ》った口調で命令してくる。ユウトはベッドの上でゆっくりと身体を起こし、鉄格子の向こうに顔を向けた。

「こっちに来て、手を出すんだ」

言われた通りに鉄格子の前に立ち、真ん中あたりの穴から両手を差し出す。保安官助手はユウトの手首に手錠をかけると、鉄格子の扉を開けた。

「一時間後にバスが出る。それまでに身体検査と着替えをすませるんだ」

「……行き先は？」

ユウトが静かに質問すると、保安官助手は事務的な声で答えた。

「シェルガー刑務所だ」

ユウトは安堵《あんど》の吐息を漏らした。何かの手違いで別の刑務所に移送されたりはしないかと、ずっと気が気ではなかったのだ。

「運が悪かったと思って諦《あきら》めろ」

保安官助手はユウトの溜《た》め息《いき》を、別の意味に解釈したようだ。

彼が誤解するのも当然だった。悪名高いことで知られた重警備刑務所に移送されると知って、喜ぶ犯罪者はいない。

けれどユウトにとってはシェルガー刑務所こそが、自分を救ってくれる唯一の場所だった。

1

「ねえ。あんた、ムショは何回目？」

　隣に座っていた白人の青年が、小声で話しかけてきた。サンノゼから乗り込んできた金髪の青年は、二十歳をいくらも過ぎていないと思われる若い男だった。まだあどけなさの残る不安そうな顔は、車酔いして青ざめているハイスクールの生徒のようにも見える。

「初めてだ」

　ユウト・レニックスは青年を一瞬だけ見つめ、すぐに顔を前に向けた。囚人護送バスの前後は金網で仕切られていて、その両方でショットガンを持った護衛が車内を見張っている。

「俺もこれが初めてなんだ。本当についてないよ。よりによって、あのシェルガー刑務所に放り込まれるなんてさ。あそこって——」

「そこ！　私語は禁止だぞっ」

　背後から厳しい声が飛び、青年は慌てて口をつぐんだ。

　重苦しい雰囲気に包まれたバスは、赤いジャンプスーツに身を包んだ二十名ほどの囚人を乗せ、国道をひたすら北に向かって走り続けている。

フェンスの張られた窓からは、囚人たちの暗く淀《よど》んだ心とは対照的な、四月の眩《まぶ》い日射しが差し込んでいた。次に外で大陽の光を浴びることができるのは、一体いつなのだろうか。ユウトは感傷的な気分に捕らわれながら、目を細め過ぎ去っていく景色を見つめた。

しばらくするとバスは目的地に到着した。カリフォルニア州立シェルガー刑務所は、聞きしに勝る大きな刑務所だった。何エーカーあるのかまったく見当もつかないほどの広大な土地は、巨大なフェンスに延々と取り囲まれている。フェンスの上部はおびただしい量の有刺鉄線が巻かれているが、おそらく高圧電流も流れているのだろう。

ゲートの前でバスは一旦停車した。両脇の監視台に立ってバスを見下ろす刑務官たちは、いつでも発砲できるようライフル銃の引き金に指をかけている。その物々しさを見て、ここが百年の歴史を誇る、州随一の重警備刑務所だという事実をまざまざと思い知らされた。この中で約二千五百名の囚人たちが服役しているのだ。

ゲートが開き、バスは再び走り出した。バスは金網に囲まれた広いグラウンドの周囲を走っていく。グラウンドにはバスケットコートやスカッシュコートなどがあり、青いデニムの囚人服に身を包んだ受刑者たちが、大勢たむろしている姿が見て取れた。

大きな建物の前でバスが停まると、前方にいた護衛がケージを開けた。ひとりずつバスから降りるよう指示される。バスの外で待ちかまえていた鋭い目をした鷲鼻《わしばな》の白人看守が、軍隊の鬼軍曹のように、整列した囚人たちに向かって声を張り上げた。

「シェルガー刑務所にようこそ！　まず始めに言っておく。ここでは刑務官の言うことは絶対だ。外の世界でお前たちがどんな立派な仕事に就いていたとしても、泣く子も黙るギャングスタだったとしても、塀の中ではまったく関係ない。少しでも反抗的な態度を取ることは許されないと思え。命令に逆らい挙動不審な素振りを見せれば、場合によっては銃で撃たれることもある。あのガンタワーを見ろっ」

看守が指さしたのは、グラウンドの中央にそびえ立つ監視塔だった。ライフル銃を持った刑務官がグラウンドを見渡している。

「たとえばグラウンドで騒ぎが起きたとしよう。まずは威嚇で空に向けて一発。銃声が聞こえた時は、全員がただちにその場で俯《うつぶ》せの姿勢を取らなければならない。もしも次に銃声が聞こえたなら、それは誰かが撃たれた時だ。ガンタワーに配置される刑務官は、毎日三時間の射撃訓練を積んでいる名狙撃手《そげきしゅ》ばかりだ。そのことを肝に銘じておけ」

看守は居丈高に言い放つと、建物の中に入れと命令した。追い立てられる哀れな家畜のように、手錠と足枷《あしかせ》をつけたユウトたちが一列になってよちよち歩きで進みだすと、金網の向こうで様子を窺《うかが》っていた囚人たちが、いっせいに囃《はや》し立ててきた。

「そこの金髪の坊や！　俺の女になれよ。後で会いに行くからな」

「たまんねぇな。早く可愛がってやりたいぜ」

次々と飛んでくる下品な野次を浴びながら歩いていたら、ひとりの黒人がユウトに向かって話しかけてきた。

「ヘイ、そこの黄色いビッチ。お前だよ、お前」

ユウトが目をやると、黒人はニヤッと笑って金網を叩《たた》いた。ニットの帽子を目深に被《かぶ》り、右耳に銀のピアスをした、二十代後半くらいの大柄な男だった。まるでプロフットボーラーのような見映えのいい体つきをしている。

「イエローの女とはまだやったことがねぇんだ。味見させろよ。俺のでかいアレを、そのいかしたケツにぶち込んでやる」

男が中指を突き立てた。ユウトは屈辱を呑《の》み込み、無礼な黒人から目を背けた。これから先、この程度のからかいや侮蔑《ぶべつ》は嫌というほど繰り返されるのだ。いちいち怒りに捕らわれていては身が持たない。

女のいない刑務所の中では、容姿の整った若年の男が真っ先に狙《ねら》われる。ユウトは二十八歳だが、アジア系人種はどうしても年より若く見られるので、拘置所にいる時から故意に髭《ひげ》を剃《そ》らずにいた。むさ苦しい髭にどれほどの効果があるのかわからないが、無用なトラブルに巻き込まれないよう、できる限り自衛するしかない。

刑務所内に入ると真っ先にボディチェックが行われた。身体検査は入念で、裸になって尻の穴まで見せなければならない。逮捕前なら耐え難い恥辱だと感じただろうが、長い拘置所生活で耐性ができたのか、もしくは単に感情が鈍化したせいか、さして苦痛だとは思わなかった。

有罪判決を受けた瞬間からユウトは囚人になったのだ。躾《しつけ》のいい犬のように、口を開けろと言われれば舌を差し出し、尻を見せろと言われればかがんで開いてみせる。囚人には人としての最低限の尊厳さえ存在しない。

与えられたお仕着せの囚人服に着替え、個室で入所のための事務手続きをしていると、いきなりドアが開いて男が入ってきた。三つ揃いのスーツを着た初老の男だった。担当官が慌てて立ちあがる。

「これはコーニング所長。どうかされましたか?」

「ただの見回りだ。所内の様子をきちんと把握することも、私の大事な仕事だからな」

コーニングは立っているユウトを一瞥《いちべつ》してから、机の上にあった書類に手を伸ばした。

「お前がユウト・レニックスか。二十八歳、出身はＬＡ……」

コーニングは書類から視線を上げ、射るような鋭い目をユウトに向けた。

「逮捕される前は、ＤＥＡ(司法省麻薬取締局)に勤めていたらしいな」

ユウトが何も答えないでいると、担当官が鋭い声を張り上げた。

「この方はこの刑務所の所長だぞっ。答えるんだ!」

「……その通りです」

「どういう仕事をしていたんだ」

コーニングがさらに尋ねてきた。

「捜査官です」

抑揚のない声でユウトが答えると、コーニングが眉《まゆ》をひそめて首を振った。

「現場で犯罪を取り締まっていた人間が犯罪者とは、実に嘆かわしい。しかも、お前の罪は同僚殺しだったな。どこまでも恥知らずな男だ」

ユウトはコーニングの目を見ないよう心がけた。心の奥底で滾《たぎ》っている激しい怒りを、この男には知られたくはない。

同僚殺し。それはユウトにとって耐え難い侮蔑の言葉だった。

ユウトは同僚のポール・マクレーンを殺してなどいない。ポールはユウトの相棒であり、親友でもあった。家族を別にすれば、彼が死んで一番深く悲しんだのは自分だとユウトは断言できる。それほどポールを大事に思っていた。

DEAの捜査官だったふたりはドラッグディーラーになりすまして、ニューヨークのとある麻薬密売組織への潜入を試みた。一年がかりで内部深くまで入り込み、ようやく組織のトップに立つ人物の逮捕に成功したのだ。だが喜びも束《つか》の間《ま》、その二週間後、ポールは自室で何者かによって刺し殺されてしまった。

ユウトより四歳年上のポールは、時として無謀に突っ走ってしまう若い相棒を沈着冷静にサポートしながらも、決して及び腰になることなく緻密《ちみつ》な作戦を立てられる有能な捜査官だった。男として、捜査官として、ユウトはポールを誰よりも尊敬していた。

そんな命を預けてもいいと思うほど、深く信頼していた男の死。知らせを受けて茫然《ぼうぜん》自失だったユウトを襲ったのは、さらなる悲劇だった。

犯行に使用されたキッチンナイフから、どうしたことかユウトの指紋が検出され、警察はユウトをポール・マクレーン殺害の容疑で逮捕したのだ。取り調べで刑事に突きつけられたのは、確かにユウトの自宅にあるはずのキッチンナイフだった。ユウトは何者かが知らない間に持ち去ったのだと必死で弁明したが、犯行前夜、ユウトとポールが行き着けのバーで口論していたという証言を得ていた警察は、頭からユウトを疑ってかかった。

ポールとは時々、捜査方法を巡って火花を散らすことがあった。確かにその夜も、酔ったふたりは周囲の注目を集めるほど口論したが、互いに遺恨を残すような出来事でもなかった。そんなやり合いは、ふたりにとってよくあることだったのだ。

警察はユウトの言い分をまったく信用しなかった。ひとり暮らしのユウトにはアリバイもなく、状況はあまりにも不利だった。それでもきちんと捜査すれば真実は解明されるはずだと信じ、ユウトは頑《かたく》なに否認を続けた。

だがその後の家宅捜索で信じられないことに、ユウトの自宅からあるはずもないコカインが押収されたのだ。警察はコカイン使用に気づいたポールと口論になり、口封じのために彼を殺したのだろうと勝手に決めつけて、ユウトを激しく責め立てた。

部屋に忍び込んだ何者かがキッチンナイフを持ち出し、そしてコカインを隠したに違いない。

明らかに用意周到な計画的犯行だった。ユウトは警察の過酷な取り調べに対して、おそらく摘発を受けた麻薬密売組織が報復のためにポールを殺し、自分をはめたに違いないと繰り返し訴え、罪状認否手続でも無罪を主張した。

そのためポール・マクレーン殺害事件は陪審裁判で裁かれることになったが、十二名の陪審員が下した答えは無情にも有罪だった。陪審員の内訳は八名が白人、二名が黒人、二名がラティーノ（中南米系アメリカ人）。もしも自分が白人だったなら、判決は違っていたのではないか。ユウトは初めて自分の肌の色が白くないことを呪《のろ》った。

法廷には明確な人種差別が存在する。たとえば黒人が白人を殺害した裁判では、白人が黒人を、黒人が黒人を殺害した場合に比べ、死刑になる確率ははるかに高い。アメリカの裁判制度において、一番尊ばれるのは白人の命なのだ。

「……しかしニューヨーク在住で向こうで逮捕されたのに、なぜここへ移送されてきた」

コーニングが解《げ》せないという顔つきで質問してきた。カリフォルニア州は現在、基本的に州外からの受刑者移入を禁じている。

ひやりとする質問だったが、ユウトは平静を装って静かに答えた。

「家族がＬＡにいるので近くの刑務所を希望しました。ですがＬＡ近郊の刑務所はどこもいっぱいで、ここへの送致となりました」

コーニングは「ふん」と頷《うなず》いた。

「LAの刑務所は、ひどい過密状態だからな」

手続きが終わって部屋を出ようとした時、コーニングがユウトを呼び止めた。

「レニックス。囚人にとって警察は敵だが、DEAも同じだ。いいか、自分の前歴は決して囚人たちに明かしてはならん。私の刑務所でトラブルを起こすことは、断じて許さんからな。ここではお前もただの囚人だ。囚人は檻《おり》に入れられ餌《えさ》を与えられるだけの家畜と同じだが、煮ても焼いても食えんのだから家畜よりも価値がない。ここにいるすべての人間は家畜以下の生き物だということを、よく肝に銘じておけ」

所長という立場に立つ人間とは思えない暴言だった。ユウトはうんざりした。トップがこういう思考の持ち主なら、当然その配下にいる看守たちも右に倣《なら》えの姿勢だろう。

その後、メディカルチェックと所内でのルール説明を受け、認識番号の記された顔写真つきIDカードと、毛布や洗面用具などの支給品が与えられた。ユウトの認識番号は四〇三七五。一日に五度ある監房での施錠点呼の際は、看守に向かってこのナンバーと名前を告げなければならないらしい。

「ユウト・レニックス、マシュー・ケイン、俺について来い。お前たちが入る監房は西棟のAブロックだ」

若い看守がユウトと共に名前を呼んだのは、バスの中で話しかけてきた青年だった。ユウトと一緒なのが嬉しかったのか、荷物を抱えたマシューはホッとしたように目配せしてきた。

マシューは顔つきも幼いが、身体も小柄だった。体重はざっと見たところ五十キロ程度、背丈は百七十七センチあるユウトの目線くらいなので、百七十もないだろう。

看守は自分がAブロックの責任者だと言い、ふたりを従えて歩き出したが、すぐに含みのある笑みを浮かべ、マシューを振り返った。

「ケイン。お前は運の悪い男だ。凶悪犯や長期刑囚ばかりがぶち込まれている西棟送りとはな。二年くらいの刑期なら、本当はローセキュリティの東棟のはずなんだが、残念ながら今はあっちに空きがない」

マシューは教師に居残りを命じられた学生のように、不安と不満を宿した落ち着きのない目で看守に尋ねた。

「空きが出たら、東棟に移してもらえるんですよね？」

看守の答えはタイミング次第という適当なものだった。マシューは弱々しい声で、「そんな」と呟《つぶや》いた。ユウトは可哀想なマシューに同情を覚えた。こんな少年のような新入りを、飢えた男どもが放っておくはずもない。

ユウト自身も似たような状況に置かれているのだが、ユウトには過去五年間、麻薬捜査に携わってきた捜査官としてのプライドがある。主な任務はおとり捜査と危険性のもっとも高い潜入捜査だった。身分を隠して犯罪組織に潜り込み、荒っぽいドラッグディーラーたちと渡り合ってきたのだ。その経験と自負のおかげでのしかかる不安と絶望の重みに負けず、どうにか冷静さを失わずに済んでいる。もっとも自分の心を支えてくれる過去の肩書きが、刑務所の中では余計な憎悪を駆り立てる非常に厄介なものだということも、ユウトは十二分に自覚していた。

Ａブロックは西棟の一番奥にあった。開放されたゲートをくぐり、中へと足を踏み入れたユウトは、目の前に広がる光景に圧倒された。

吹き抜けになった巨大な空間の片方、向かって左手側は無機質な鉄の檻で天井まで埋め尽くされている。奥まで延々と続く監房は四階建てで、各階の部屋の前には網目になったスチールの張り出し廊下があり、大人の腰あたりまでの柵《さく》に覆われていた。数人の囚人がその柵に腕を乗せ、新入りのユウトとマシューに好奇の眼差しを向けている。

反対の壁にはガンレールと呼ばれる、ベランダのような監視通路があった。幅一メートルほどの狭い通路は二階と四階の高さ部分に二列設置され、看守が向かい側から各監房内を見張れるような仕組みになっている。

「ケイン、お前は一階のそこの監房だ」

マシューは看守が指し示した監房に、おどおどした態度で近づいた。

「ホーズ、新入りだ。面倒見てやってくれ」

寝台に腰かけていた年寄りの黒人が、マシューを見て大袈裟《おおげさ》に「オウ」と手を振り上げた。

「ガスリー！　その坊やは白人じゃないか。冗談はよしとくれ」

看守は冗談なもんかと笑い、マシューの背中を押して中へと突き飛ばした。

「老いぼれとガキで仲良くやれ。問題を起こしたら揃って懲罰房行きだぞ。レニックス、お前は三階だ」

階段を上っていく看守の背中に向かって、ユウトは控えめに声をかけた。

「監房は人種分けされていないんですか」

どのような場所においても人種分離策は違憲だ。連邦最高裁も州の刑務所において、囚人を人種別に分離して収容することを禁じている。しかし実際問題、現場でその決定が遵守されているとは到底思えなかった。刑務所内での人種間軋轢《あつれき》は相当なもので、一年ほど前にもロサンゼルスの刑務所で黒人とラティーノの対立が激化し、二千人を巻き込む乱闘騒ぎに発展するという事件が起きている。

「共同施設内にはいっさいの制限はない。だが監房に関しちゃ、一応Bブロックに白人、Cブロックにラティーノ、Dブロックに黒人が入れられている。そっちに入りきらない囚人や、その他の人種はここのAブロックだ」

それを聞いてユウトは少しだけ安心した。人種混合の監房棟に収容されるくらいだから、Aブロックには過激な人種主義者や気の荒い囚人は、あまりいないと考えてもいいのだろう。

「お前は中国人か?」

「いえ。日系人(ジャパニーズ・アメリカン)です」

「ほう、日本人か。ここじゃあ珍しいな。お前さんの同室はディック・バーンフォードっていう白人だ。食えない野郎だが、差別主義者じゃないから安心しろ」

張り出し廊下を真ん中あたりまで進み、看守は薄暗い監房を覗《のぞ》き込んだ。

「……やっこさん、いないみたいだな。お前は上のベッドを使え。荷物はそこの戸棚の中だ。あとはバーンフォードに聞け」

看守がいなくなるとユウトは荷物をベッドの上に置き、部屋の中をざっと見渡した。右側に二段ベッドがあり、奥には簡素なビニールカーテンのかかったトイレと、小さな洗面台が設置されている。その上に木製の戸棚がふたつ備えつけられていた。

薄くて固い、染みのついた不衛生なマットレス。長年の汚れで黒ずみ、もとの色さえわからない灰色の壁。鉄格子がはめられた窓は小さすぎて、昼間だというのにろくに光も入らない有り様だった。

しかし何よりもうんざりさせられるのは、この狭さだ。広さから考えて、もとは独房として使われていたのだろう。ここで見知らぬ男と毎日顔を突き合わせて暮らしていくのかと思うと、想像するだけで息苦しくなる。ユウトは薄暗い監房の中で深い溜め息をついた。

「ねえ、入ってもいいかな?」

振り向くと入り口のところに、マシューがぎこちない笑みを浮かべて立っていた。

「ちょっと話をしようよ。俺、マシュー・ケイン。あんた、ユウトっていったよね」

少しはにかんだふうに話しかけてくるマシューを見て、ユウトはまた溜め息をついた。初めての刑務所暮らしで心細いのはわかるが、これからのことを考えるとあまり懐かれても困る。ユウトは自分のことだけで手一杯なのだ。新入り仲間の面倒まで見る余裕はない。

マシューはユウトの迷惑顔には気づかず、監房の中に入ってきて下段のベッドに腰を下ろした。

「マシュー。座るな」

ユウトが注意すると、マシューはきょとんとしながら「なぜ？」と聞き返した。

「そこは俺のベッドじゃないからだ」

意味がわからないという顔つきで、マシューが立ち上がる。

「俺の同室の男が帰ってきたらどうする。自分のベッドに新入りが座っているのを、笑って見逃してくれる寛容な男かどうかなんて、俺にもお前にもわからないだろう」

ユウトの説明を聞いて、マシューは肩をすくめた。

「あんたって心配性なんだな。もし怒られたら謝れば済むことじゃないか」

ユウトは他人事《ひとごと》ながら、マシューのことが本気で心配になった。この坊やは臆病なくせに気が回らない。こんな呑気《のんき》な調子では、荒っぽい連中がうようよしている刑務所の中で、無事に暮らしてはいけないだろう。

「それより、このガイドブック見た？」

ベッドの上にあった小冊子に手を伸ばし、マシューが可笑《おか》しそうに言った。先ほど配布されたもので、刑務所生活のルールや禁止行為に対する懲罰などが細かく記されている。

「禁止項目の中に、殺人てあるんだ。そんなこといちいち書くなんて笑っちゃうよね」

「それだけ暴力事件が多いってことだろう」

「まさか。これだけ厳重に監視されてるのに？」

目を丸くするマシューにユウトが憐れみの視線を送った時、通路のほうから声がした。

「二十三人だ」

素早く振り返ると、監房の入り口に白人の若い男が立っていた。

「よう、おふたりさん。西棟Aブロックにようこそ。俺はこのフロアの一番端に住んでる、ミケーレ・ロニーニだ。俺のことはミッキーと呼んでくれ。よろしくな」

右手を差し出してきたので、ユウトは自分の名前を告げて短い握手を交わした。マシューはミッキーのフレンドリーな態度に気をよくしたのか、警戒心のない笑顔を浮かべて「こちらこそ」と強く手を握り締めた。

ミッキーは尖《とが》った鼻と彫りの深い顔立ちをした、その名が示す通りイタリア人的容姿の陽気な男だった。ひどい癖毛なのか、濃い茶色の髪は毛先があちこち跳ねている。年齢はユウトとそう変わらないように見えた。

「俺はマシュー・ケイン。マシューって呼んでよ。……ところで二十三人ってなんのこと？」

マシューが尋ねるとミッキーは壁により掛かり、こともなげに答えた。

「去年ここで殺された囚人の数さ。大雑把に言えばひと月にふたりの割合だな。傷害事件なら毎日のように起きている」

顔を引きつらせたマシューの肩を軽く叩き、ミッキーは愉快そうにつけ足した。

「心配すんな。外で交通事故に遭う確率よりは低いはずだ」

2

ミッキーが五時になるから食堂に行こうとふたりを誘った。すべての囚人がいっせいに集まってくるので、早く行かないとうんざりするほどの長い列ができるらしい。

一階のフロアに下りた時、ミッキーがある男に声をかけた。

「よう、ネイサン。ちょうどよかった。紹介するよ。今日、Aブロックに来たユウト・レニックスとマシュー・ケインだ。……こいつは俺と同室のネイサンだ」

「ネイサン・クラークだ。よろしく」

小脇に数冊の本を抱えたネイサンが、微笑《ほほえ》みを浮かべて握手を求めてきた。年齢は三十前後。癖のない艶《つや》やかな栗毛が印象的だった。長身でほっそりしているが、肩幅があるのでひ弱な感じはしない。細い鼻筋と薄い唇は理知的だが、どこか神経質そうにも見えた。けれど穏やかな微笑と肩の力の抜けた自然な態度に相殺され、むしろ鷹揚《おうよう》な雰囲気が勝っている。

「一緒に食堂に行こうぜ」

「ああ。本を置いてくるから、ちょっと待っててくれ」

のんびりした声で答えると、ネイサンはゆっくりした足取りで階段を上がっていった。どこか浮世離れした雰囲気のある男だった。

待っている間、ミッキーは聞かれもしないのに自分のことを話し始めた。ミッキーは銀行強盗に失敗して逮捕され、もうここで五年も暮らしているという。看守の検閲に引っかからない独自のルートで禁制品を持ち込み、手広く売りさばいて商売をしているのだと得意げに語った。

「欲しいものがある時は俺に言えよ。ポルノ雑誌、ドラッグ、ナイフ、その他諸々。女以外ならいつでも用意してやる」

ユウトはそういうことか、と内心で苦笑した。やけに親切だと思っていたが、ミッキーにとって新入りは新しい顧客も同然なのだ。

すぐにネイサンが戻ってきたので、四人はAブロックを出て食堂を目指した。口笛を吹いて調子よく歩くミッキーの後ろで、ネイサンは右も左もわからないユウトとマシューにいろんなことを教えてくれた。

建物はグラウンドを取り囲むように大きく中央棟、西棟、東棟、北棟に別れており、西棟と東棟は監房棟、北棟には体育館と作業用工場、唯一凸型になっている中央棟には、前方に所長室や事務室や看守詰め所、それにコントロールセンターなど刑務所の中枢部分である管理棟があり、後方に食堂、娯楽室、医務室、図書室、教育施設などがあるという。

要所要所のゲートでは看守によるセキュリティチェックが行われ、場所によっては金属探知器も設置されているらしい。

「まあ、抜け道はいくらでもあるけどね」

ネイサンはそう言って、悪戯《いたずら》っぽい笑みを浮かべた。ネイサンの説明は的確で無駄がなく、少し話しただけでも彼が頭のいい男であることはわかった。

食堂の入り口で早速、看守のボディチェックを受けた。大雑把な手つきで身体を探られ、ユウトはなるほどと納得した。これなら小さな刃物くらいは簡単に持ち込めるかもしれない。靴の中、襟の折り返し部分、ベルトの裏。その気になれば、隠し場所はいくらでもある。

厨房《ちゅうぼう》の中では白いエプロンに身を包んだ囚人たちが、看守の監視を受けながらせわしなく働いていた。ミッキーとネイサンに続き、ユウトとマシューもプラスチックのトレイを手にして、すでに長く伸びている列に加わり配膳を受けた。

メニューは魚とチキンのフライ、紙カップに入ったチーズグリッツ、サラダなど数品で、パンは各自好きな量だけ取ることができ、コーヒーやオレンジジュースも自由に飲める。

大勢の囚人の声でざわつく広い食堂は、男たちの体臭と食べ物の匂いが混じり合った、一種独特の臭気に満ちていた。

よく見ると右手に白人、奥に黒人、左側にはラティーノの集団が陣取っている。もしかして人種ごとに座るテーブルが決まっているのかと思ったが、ミッキーとネイサンは中央付近のテーブルに、ユウトたちと一緒に腰を下ろした。隣でも肌の色の違う者同士が一緒に食事をしている。どうやら真ん中あたりのテーブルは、人種のミックスゾーンのようだ。

最初から期待などしていなかったが、食事はお世辞にも美味《うま》いとは言えない代物だった。けれど食欲など湧かなくても、腹に収めさえすればエネルギーに変わる。ユウトは燃料を補給する機械になった気持ちで、黙々とプラスチックのフォークを動かし続けた。

時々、脇を通りかかる囚人が、マシューを見て意味深な口笛を吹いた。まるでいかした女がいるぜ、と冷やかしているようだ。

「なあ、マシュマロ・ケイン」

ミッキーが芝居がかった態度で指を鳴らし、マシューに人差し指を向けた。マシューがすかさず「マシューだよ」と訂正する。

「マシュマロ坊やは食い終わったらまず売店に行って、ＮＡＳＡがムショ用に開発した、最新の囚人向け貞操帯を買ってこい。はめたままでクソができる優れものだ」

ミッキーは呆気《あっけ》に取られるマシューを尻目に、自分のジョークに受けてテーブルを叩いた。

「まあ貞操帯してたって、お前の尻は三日ともたねぇな。なんなら煙草三箱、賭《か》けてもいい」

マシューは顔をしかめたが、ネイサンは真面目《まじめ》な顔でミッキーの言葉は決して大袈裟じゃないと同意した。

「本当に気をつけろ。刑務所内でのレイプ事件は殺人の比じゃないんだ。できるだけひとりで行動せず、やばそうな場所にも近づくんじゃない。特にギャングたちには要注意だ。もしもあいつらに襲われたら、抵抗なんかしないで大人しく尻を差し出したほうがいい。そうすれば命だけは助かる」

「何が助かるって？　弁護士先生よ」

ネイサンが眉をひそめたのと同時に、背後から肩を摑《つか》まれてユウトは身構えた。

「楽しそうじゃないか。新入りの歓迎パーティーに俺も加えてくれよ」

ユウトの肩に手を乗せたのは、大柄な体軀《たいく》の黒人だった。ニットの帽子を被って右耳に銀のピアスをしている。間違いなくグラウンドで声をかけてきた男だった。背後に数人の粗野そうな黒人を従えている。

「俺にもこのべっぴんさんを紹介しろよ。さっきグラウンドで見かけた時から、お近づきになりてぇと思ってたんだ。……なあ、名前はなんていうんだ？　俺はボブ・トレンクラーだ。みんなはＢＢって呼んでるよ」

黒人が顔を近づけてきたので、ユウトはそっぽを向いた。別の黒人が反対側からユウトの顔を見ようと覗き込んでくる。

「よう、ＢＢ。こいつじゃなくて、そこの白い坊やのほうが可愛いじゃないか」

「馬鹿言うな。そんな下の毛も生えそろっていないような、おねんねのガキなんて相手にできるか。ったく、お前には女を見る目がねぇ」

ＢＢはユウトのうなじに鼻先を寄せ、うっとりした顔つきで、ご馳走《ちそう》の匂いを嗅ぐように息を吸い込んだ。

「……ちくしょう、プンプン匂うぜ。こいつは上等のビッチだ」

耳元でいやらしく囁《ささや》かれ、ユウトは我慢できなくなった。

「薄汚い手で俺に触るな」

ユウトがBBの手を払いのけ、吐き捨てるように言い放つと、周囲が大きくざわめいた。

「この野郎っ。新入りのくせに、BBに向かってなんて口の利き方だ！」

「ぶっ殺されてぇのかっ」

BBの仲間たちが顔色を変えてユウトを取り囲んだ。喧嘩《けんか》を期待する野次馬が「やれっ」「やっちまえ！」と口々に囃《はや》し立てる。

「……どけよ」

誰かが剣呑《けんのん》に凄《すご》む黒人たちに声をかけた。その場にいた全員の目が、声の主に向けられる。

「そこを通してくれ。俺は早くメシが食いたいんだ」

静かな口調で告げたのは、トレイを手にした白人の男だった。

筋肉質のバランスのいい体格と、その上に載っている美しいと言っても過言ではないほどの端整な顔。ユウトの視線は自然とその男に釘付《くぎづ》けになった。

少し長めの金髪を無造作に後ろで束ねた長身の男は、緊迫した雰囲気などまるで気にした様子もなく、戦闘的な目をした黒人たちの間を抜け、ユウトの隣に腰を下ろした。

「トレンクラー、何をしているっ。食べ終わったなら早く出て行くんだ」

騒ぎに気づいた看守が、少し離れたところから声を張り上げた。

「わかってるよ。ちょっと新入りに挨拶《あいさつ》してただけだ」

BBは看守に気安く答え、薄笑いを浮かべてユウトをねっとりと見つめた。

「俺は気の強い女が大好きなんだ。今度デートしようぜ、べっぴんさん。たっぷり可愛がってやるからよ。……おい、バーンフォード。チョーカーに目をかけられてるからって、あんまりいい気になってんじゃねぇぞ」

BBは割って入ってきた男をひとにらみして、仲間たちと立ち去っていった。固唾《かたず》を呑んで見守っていた周囲の男たちは、一様に安堵とも落胆とも言えない吐息を漏らした。

「うへー。あんた、とんでもない男に目をつけられちまったな。今の男はバッド・ボブっていって、ブラック・ソルジャーのリーダーだ。マシンガンぶっ放して四人を殺した、懲役百五十年の危ない野郎だぜ」

ミッキーが早口に捲《まく》し立ててきた。

「ブラック・ソルジャー？　随分とチープな名前だな」

ユウトが苦笑すると、ミッキーは顔をしかめて首を振った。

「笑い事じゃねぇよ。ムショの中を仕切ってんのは四人ギャングたちだ。ここで幅を利かせているのは黒人グループのブラック・ソルジャー、チカーノ（メキシコ系アメリカ人）グループのロコ・エルマノ、白人グループのＡＢＬの三つ。ユウト、悪いことは言わねぇ。生きてここ

から出たかったら、あいつらと喧嘩だけはするな」

「わかったよ、ミッキー。俺も売店に行って、NASA製の貞操帯を買うことにしよう」

ユウトが笑えないジョークで返すと、ミッキーは「そうしろ」と肩をすくめた。

「ディック。彼は君の新しい同室者だ」

黙々と食べていた男はネイサンに話しかけられ、無表情にユウトの顔を見た。ユウトが名乗ると男は「ディック・バーンフォードだ」と口早に返し、また食事に取りかかった。

ユウトは愛想の悪い同室者を控えめに観察した。ディック・バーンフォードは、ひとことで言うなら『いい男』だった。

目鼻立ちは男らしくすっきりと整っていて、誰が見ても問題なくハンサムだし、均整が取れた長身の身体は見事なまでに引き締まっている。惜しむらくは額から眉尻にかけて大きな古傷があることだが、刑務所の中では顔の傷もいいアクセントになるだろう。

しかし端整な風貌《ふうぼう》や悪目立ちする傷よりも、一番にユウトの関心を惹《ひ》いたのは、澄んだ湖面を思わせるような真っ青な瞳だった。青灰色でも青緑色でもない、掛け値なしの青だ。

金髪に青い目。珍しいわけではないが、白人は青い目で生まれてきても、金髪同様、成長と共に暗い色に変わることが多いので、ここまで完璧《かんぺき》な両方を兼ね備えた人間には、それほどお目にかかれない。

「ディックは何歳だ？」

同じ監房で寝起きする相手がどういう人間かは、早く知っておきたい。ユウトは会話の取っかかりになればと思い、ディックに質問した。

「二十九」

ユウトに視線も向けず、ディックが即答する。

「じゃあ俺とひとつ違いだな。俺は二十八歳だから。ここにはいつ来たんだ？」

気安い口調で話しかけたが、ディックはまったく話には乗ってこなかった。どうやら気難しい性格の男らしい。

場を取りなすように、ミッキーが明るい声を出した。

「マシュー、お前はいくつなんだ？」

ミッキーに聞かれ、マシューはもうじき二十一歳になると答えた。

「まだママが恋しいって可愛いツラしてんのに、なんだってこんなところに放り込まれた？」

マシューはフォークでグリッツをこねながら、「たいしたことじゃない」と呟いた。

「爺さんがひとりでやってる酒屋に行って、友達とウイスキーの瓶を万引きしたんだ。友達が爺さんはもうろくしてるから大丈夫って言うもんだからさ。でも爺さんに見つかって、揉《も》み合いになった。それで友達が持っていたナイフで、つい爺さんを刺しちまって……。刺したのは腕だったけど、驚いた爺さんは転んで頭を打った。脳挫傷《のうざしょう》の重傷で実刑二年だよ」

ミッキーは「そりゃ、運が悪かったな」とマシューの肩を叩いた。万引きで終わるはずが一変して強盗傷害事件の共犯。しかも看守も同情する西棟送りとは、確かにマシューは運が悪い。

「ユウトは何年食らったんだよ」

「十五年」

ユウトが答えるとミッキーは冷やかすように口笛を吹き、何やらかしたと身を乗りだした。

「俺は何もやってない」

ミッキーとネイサンが顔を見合わせた。どう思われようが、ユウトにはそうとしか答えられない。

「俺は無実なんだ」

きっぱり言い切ると、ミッキーは困った顔で「あー」と指で頰《ほお》を搔《か》いた。

「まあ、そういうこともあらぁな。お前も運が悪かったたってわけだ」

頭のおかしい奴と思われたのかもしれないが、別にかまわなかった。取り調べでも裁判でも、ユウトの言い分は真っ向から否定された。同僚の捜査官を殺害したという濡《ぬ》れ衣《ぎぬ》を着せられ、十五年の有罪判決を言い渡された辛酸に比べれば、囚人仲間にいかれた男と思われることなど、なんの痛痒《つうよう》も感じない。

気まずい空気を払うように、マシューがネイサンに話しかけた。

「ねえ。さっきの黒人、ネイサンのことを弁護士先生って呼んだよね。ネイサンは外で弁護士だったの？」

マシューの質問にミッキーが答えた。いちいち口を挟まないと気が済まない質らしい。

「ネイサンは法律図書館でボランティアをしているのさ。こいつは法律に関する知識がすごくてな。ここでの人権侵害や処遇に不満を持つ囚人の訴状を、州の矯正局に代理で出してやったり、長期刑の囚人たちの相談に乗って、法令や判例をくまなくチェックして刑期短縮の陳情書を出してやったりしてるんだ。すごいもんだぜ。ついこの前も、こいつが法の抜け道を探して訴えを起こしてやった囚人、刑期が十年も短くなったんだ。他にも仮釈放になった奴もいる。外にいる弁護士なんかより、ずっとあてになる男だ。ネイサンは所長のコーニングとも、直々に話し合えるほどの男なんだぜ」

自慢げな口ぶりからミッキーが同室のネイサンを尊敬していることは、傍目《はため》にもはっきりと窺えた。一部の囚人たちにとってネイサンは、救世主のような存在なのかもしれない。

「俺が所長に呼び出される時は、お小言ばかりだよ。俺が余計なことばかりするもんだから、相当頭を痛めてる」

「どこかで法律の勉強を？」

ユウトが尋ねると、ネイサンは「大学で少しね」と微笑んだ。

「専門は犯罪法学だった。今は実地で犯罪者について学んでるというわけさ」

微塵《みじん》の卑屈さもなく自分の境遇をジョークにできるネイサンに、ユウトは強い好感を抱いた。ただ頭がいいだけの男ではなさそうだ。

ディックは少し接しただけでは、よくわからない男だった。口数が少なく、自分からはほとんど喋《しゃべ》らない。かといって、頭から他人とのコミュニケーションを拒絶しているわけではなく、ミッキーのくだらないジョークに口元をゆるめるし、ネイサンの世間話にも相槌《あいづち》を打つ。人づき合いは苦手だが、仲間に対して最低限の礼儀くらいわきまえている。そんな印象を受けた。

なんにせよ、ミッキーのような騒がしい男と同室になるよりは、はるかにマシな相手だった。

六時に監房での施錠点呼があるため、食事が終わるとユウトたちはまたAブロックへと戻った。民族大移動のように、すべての囚人が自分の監房を目指して歩いている。

突然、ぞろぞろと流れていく人ごみのどこかで険しい声が上がった。喧嘩が起きたのか、すぐさま野次馬が群れ始め、威勢のいい罵声《ばせい》が飛び交う。

騒ぎがあったほうにマシューも近づいていこうとしたが、ネイサンに引き留められた。

「よせ。関わり合いになるな。施錠点呼に遅れると、厳しいペナルティが待っている」

「喧嘩なんて、しょっちゅう起きる。すぐに珍しくもなんともなくなるさ。ほら、行くぜ」

ミッキーに肩を押され、マシューは憂鬱《ゆううつ》そうに溜め息をついた。

「みんなカルシウム不足で苛々してるんだね」

ネイサンたちが歩き出したのでユウトも後に続こうとしたが、数歩も進まないうちに背後から腕を引っ張られた。あっと思った時にはすでに遅く、ユウトは数人の男たちに無理やりすぐそばのトイレの中に連れ込まれていた。

男たちは食堂でユウトに凄んだ、ＢＢの手下だった。

「やっちまえっ」

ユウトを羽交い締めにした男が言うと、残りの三人がいっせいに飛びかかってきた。ひとりが腹を思いきり殴り、もうひとりがユウトの後頭部を打ち据える。痛みと衝撃にユウトが床に崩れ落ちると、今度は容赦のない足蹴《あしげ》りが飛んできた。

腕に覚えがないわけではないが、四対一では分が悪すぎる。ユウトは内臓を蹴られないよう身体を丸めて両腕で頭を庇《かば》い、ひたすら防御に徹して嵐が過ぎ去るのを待った。

「今度ＢＢに生意気な口を利いたら、こんなもんじゃ済まないぞ。よく覚えておけ。……よし、行くぞ」

黒人たちは手際よくユウトを痛めつけると、素早く身を翻して走り去っていった。その直後、ネイサンとミッキーが現れた。倒れ込んだままのユウトを見て、慌てて駆け寄ってくる。

「ユウト、しっかりしろ。大丈夫か？」

「ちくしょう、ブラック・ソルジャーの奴らめっ」

忌々《いまいま》しそうに呟いたミッキーに、ネイサンがディックを呼んでくるよう指示した。ユウトがネイサンに抱えられ上体を起こしていると、ディックが素早く飛び込んできた。

ディックはユウトの目をじっと覗き込んだ。

「俺の顔がちゃんと見えているか?」

「……ああ。目がふたつ、鼻と口はひとつの男前だ」

「軽口が叩けるなら大丈夫だな。監房まで連れていこう」

ネイサンとミッキーに抱えられ、ユウトはどうにか立ち上がった。思いきり蹴られたせいか、息を吸うと胸全体が激しく痛む。

「歩け。喧嘩したことがばれたら懲罰房行きだぞ。……まったく、入所早々、人騒がせな奴だ」

ディックの責めるような口調が癪《しゃく》に障り、ユウトは顔をしかめながら反論した。

「俺は何もやってない」

「さっきミッキーが警告してくれたのに、お前は適当に聞き流していた。自業自得だろ」

冷たく吐き捨てられ、ユウトは顔を強《こわ》ばらせた。

「言っておくが、被害者だからお咎《とが》めなしだなんて思うなよ。看守たちには騒ぎが起こること自体が問題なんだ」

「リンチの一方的な被害者も、罰せられるっていうのか? そんなの、おかしいだろう」

トイレの外の様子を窺っているディックに、ユウトは不満の声をぶつけた。ディックは振り向きもせず、冷淡な口調で答えた。

「おかしくても、お前がこれから暮らしていくのはそういう場所だ。……よし、行くぞ」

ディックの合図を受け、ネイサンとミッキーはユウトを支えて歩き出した。一歩動くたび、身体が悲鳴を上げる。しかし歩けないとは口が裂けても言えやしない。ただでさえやられっぱなしだった情けない自分に、男としてのプライドは傷ついているのだ。

「マシューはどうしたんだ」

さっきからマシューの姿が見えないことに気づき、ユウトはミッキーに尋ねた。

「急にお前の姿が見えなくなってネイサンと首を傾げていたら、トイレからブラック・ソルジャーの連中が飛び出してくるのが見えたんだ。もしかしてと思ったから、あいつだけ先に戻らせた。短期囚の坊やを騒ぎに巻き込むのは可哀想だろ？」

「そうだな」

ミッキーの優しさに救われる思いがして、ユウトは痛みをこらえつつ微笑んだ。

「ネイサン。その新入りはどうした？」

Aブロックの入り口に立っていた看守が、ユウトたちを見て不審そうに問い質してきた。ユウトとマシューを連れてきた、ガスリーという看守部長だ。

「押されて転んだんです。混み合っていたので、他の奴らにひどく蹴られてしまって」

ネイサンが落ち着いた声で説明すると、ガスリーは納得したのか早く行けというふうに顎《あご》をしゃくった。ミッキーが隣で安堵の息を漏らす。

軋《きし》む身体を必死で動かして三階まで上がった。ディックのベッドにユウトを座らせると、ネイサンとミッキーは急いで自分たちの監房へと向かった。数分後、Aブロック内にけたたましいベル音が鳴り響いた。

「一歩下がれーっ」

看守の雄叫《おたけ》びが建物の中にこだまする。

「この音が聞こえたら、自動で扉が締まる」

ディックの言葉通り、すぐに扉は勢いよくレールの上を滑り、監房の入り口は閉ざされた。さあ絶望しろ、と強いるような嫌な音だった。この不快な騒音を、これから毎日耳にするのだ。ユウトは狭い檻の中で、自分は本物の囚人になったのだという現実を噛みしめた。

看守の点呼が終わると、また扉が開いた。ディックにそこに寝ろと指示され、ユウトはゆっくりと身体を横たえた。ディックはまたユウトの目を覗き込み、それから怪我《けが》の具合を確かめるため冷たい手で身体に触れながら、頭痛や吐き気はないか質問してきた。

「ディック。ユウトはどうだ?」

ネイサンとミッキーがまたやって来た。

「今、診ている。……息を吸うと胸が痛むのか?」

ユウトが頷くと、ディックはネイサンとミッキーを振り返った。

「ひょっとしたら、あばらにヒビが入ってるかもしれないな」

「どうする？」

ネイサンの質問に、ディックは自分の知ったことではないというふうに肩をすくめ、立ち上がった。

「自然に治るのを待つしかないだろう。俺はまだ仕事があるから医務室に行く。チョーカーの具合がよくなくてな」

ディックが監房から姿を消すと、ユウトはネイサンに尋ねた。

「ディックは医者なのか？」

ネイサンは濡らしたタオルをユウトの腫《は》れた顔に当て、いや、と首を振った。

「でもかなりの知識はある。彼は医務室で看護助手をしていてね。怪我人の面倒は見慣れているんだ。……ユウト、あまり辛いようなら看守に言ったほうがいい。ただし届けを出しても受理されるのは明日だから、今夜はもう医務室には行けないけどね」

ユウトはネイサンの助言に礼を言ったが、届けは出さないと答えた。あばらのヒビ程度なら診察を受けても、せいぜいコルセットを渡されるくらいの治療しか期待できないだろう。

「ユウト、どうしたのっ？」

マシューが転がり込むように入ってきた。顔を無惨に腫らしたユウトをまじまじと見て、「ひどいや」と眉をひそめる。

「食堂で絡んできた黒人たちの仕業？」

「ああ。でも施錠点呼前でよかった。時間がなくて、あいつら手短に終わらせたからな」

ミッキーの説明を聞いたマシューはユウトに目を向け、悔しそうに唇を噛んだ。

「あれっぽっちのことでこんなことをするなんて、頭がおかしいよ……」

ユウトは休みたいからひとりにして欲しいと頼んだ。三人が監房から出て行くと、あらためて絶え間なく襲いかかってくる激痛と対峙《たいじ》した。胸だけではなく全身に激痛が走り、あらゆる場所がズキズキと疼《うず》いている。じっとしていても情けない声が漏れそうになり、ユウトは歯を食いしばって耐えた。

これまで暴力ごとと、まったく無縁だったわけではない。おとり捜査中に捜査官であることを見破られ、武器を持った相手と格闘になったこともあるし、ドラッグディーラーになりすましている時に、他のディーラーと喧嘩になりナイフで刺されたこともある。DEAでの仕事は、常に危険と隣り合わせだった。

しかし一方的にされるがままで、怪我を負わされても治療さえ受けられないという経験は初めてだ。ひとり暗くて狭い監房のベッドに横たわり、じっと痛みに耐えるしかない自分をつくづく惨めだと思ったが、こんなことで参ってはいられない。

ユウトは自分を鼓舞した。こんなことでへこたれるな。お前は元DEAの捜査官だろう。どんな危険な仕事も怯《ひる》まずこなしてきたはずだ。何度も困難を乗り越えてきたはずだ。

今のユウトにとって、プライドだけが残された唯一の力だった。何もかも失ったが、自分自身を信じるという心の尊厳だけは、決して誰にも奪えはしない。だからこそ弱音は吐けない。

一度でも弱気になったら、お前はその程度の男なのだと、自分で自分を見限ってしまいそうだった。そうなることが一番怖い。問題が起きるたび、逃げだすことだけを考えるような腰抜けには、決してなりたくはない。

ユウトは落ち込む自分を蹴飛ばすように、心の中でクソッと吐き捨てた。何もかも承知でここに来たんじゃないか。誰に命令されたのでもなく、自分で決めたことだろう。

ユウトは自ら望んでシェルガー刑務所行きを選んだ。ＬＡに家族がいるのは本当だが、理由は別にある。東海岸からわざわざ飛行機でアメリカ大陸を横断して、遠く離れた西海岸の刑務所まで運ばれて来たのには、それなりのわけがあるのだ。ユウトの崖《がけ》っぷちの人生を左右するほどの深い事情が。

いや、そうではない。ユウトはすでに崖から転落した人間だった。ユウトはあの事件で何もかも失ってしまった。仕事も社会的地位も仲間からの信頼も。今さらどう足掻《あが》こうと、失ったものは二度と取り戻すことはできないだろう。

しかし、どん底のユウトにたったひとつだけ、生きる希望が与えられた。その希望がこのシェルガー刑務所にあるのだ。

ポール・マクレーン殺害の罪で十五年の実刑判決を受けたユウトは、絶望のどん底に叩き落とされた。そんなユウトに秘かに接触してきたのがＦＢＩ（連邦捜査局）だった。

「やあ、レニックス。調子はどうだい？」

親しい友人のような態度でユウトの前に現れたのは、マーク・ハイデンという男だった。ハイデンは拘置所の面会室でユウトに身分証を見せ、自分がＦＢＩテロ対策局、国内テロ対策課の捜査官であると自己紹介した。高級そうなスーツを着こなした美男子だったが、鼻につくエリート臭を発散させた、いかにもＦＢＩという居丈高な雰囲気を放つ気障《きざ》な男だったので、最初から好感は持てなかった。

ＦＢＩが自分になんの用があるのかと、ユウトは戸惑った。しかしハイデンの口から飛び出た言葉を聞いて、困惑は驚愕《きょうがく》へと変わった。

「刑務所の中である男を捜し出して欲しい。それができれば即釈放を約束する」

いきなりそんな話を切り出されても怪しすぎて、ユウトはＦＢＩの言い分をにわかには信用する気になれなかった。

警戒するユウトに気取った笑みを見せ、ハイデンは事情を説明し始めた。

「去年からアメリカ各地で同一グループの仕業と思われる、小規模な連続テロ事件が起きているのは君も知ってるだろう？」

「ニュースで聞く程度には」

それは『沈黙のテロリズム』として騒がれている事件だった。犯行声明はいっさい出ておらず、しかも爆発物を仕掛けられた場所に一貫性がないことから、有識者たちの間でも原理主義テロ組織の仕業なのか、過激派極右勢力の仕業なのか、それともただの愉快犯の仕業なのか、と様々な憶測的意見が飛び交っていた。

「この事件を捜査しているFBIは二か月前、コネチカット州のあるスーパーマーケットで、爆発物を所持していた白人男性を逮捕した。一連の事件に関与していると思われるこの男は、本人の証言である過激カルト集団に属していることがわかった。しかし司法取引にも応じず、それ以外のことに関しては黙秘を貫いたため、組織の全貌はいっこうに解明されていない」

男が組織の報復を異様なまでに恐れていることに気づいたハイデンは、証人保護プログラムを適用するので身の安全は保証すると、ねばり強く男を説得したらしい。ハイデンの熱心さに心を動かされたのか、男はようやく重い口を開いた。

「組織の力は絶大で、裏切った者は殺される。すべてのテロはリーダーひとりの決定によって行われていて、今までのテロ事件は遊びのようなものだが、この先はもっと大規模なテロが起きる。——要約すれば、男の語った内容はそんな曖昧《あいまい》なものだった。肝心のリーダーのことも、あまり情報は得られなかった。もっと本格的に取り調べるため、我々FBIは男を本部のあるワシントンに移送することにした。しかしそれは叶《かな》わなかった」

「なぜ?」

ユウトが問うと、ハイデンはお手上げだというように肩をすくめた。

「死んだからだ。男は拘置所の建物を出たところで何者かに狙撃され、絶命した。隣のビルの屋上から、犯行に使用したと思われるライフル銃が発見されたが、犯人は警察の緊急配備をすり抜けて逃走し、見つからずじまいだった」

ユウトはカルト組織の冷徹で大胆な行動力に違和感を覚えた。テロを繰り返す謎だらけのカルト集団。危険この上ない連中だが、口封じのために仲間を狙撃までするのは普通ではない。

「本当に頭のいかれたカルト集団なのか？　背後にもっと大がかりな犯罪組織が存在している可能性は？」

「私たちもそれは考えたが、組織に関する情報は少なすぎる。今の段階ではなんとも言えないな。しかし病院に運ばれた男はしばらく意識があって、最後に面白いことを話してくれた。……組織のリーダーの名前はコルブス。もちろん、あだ名だろう。そのコルブスがある刑務所の中から、秘かにメンバーを動かしているというんだよ。コルブスは三十歳前後の白人男性で、殺人犯だそうだ。過去に本格的な軍事訓練を受けた経験を持ち、背中には大きな火傷《やけど》の跡があるらしい」

ハイデンが指先でテーブルをトントンと叩いた。きれいに整えられた爪を見ながら、ユウトは「なるほど」と呟いた。

「そいつを捜し出せという話か」

「その通りだ。コルブスはカリフォルニア州のシェルガー刑務所に収容されているらしい」

ユウトはFBIが本気で自分に取引を持ちかけていることに、やっと納得した。相手が数件のテロ事件を指示したと思われる危険人物であり、今後もさらなるテロを起こす可能性が高いとなれば、裏の手を使ってでも捕まえたいはずだ。

「今年の秋にはニューヨークで数カ国の要人が参加する、国際会議の開催が予定されている。もしもその時期を狙ってテロが起きでもしたら、目も当てられない。事態を重く見たFBIは捜査官をシェルガー刑務所に派遣し、すべての囚人の個人情報をくまなくチェックさせた」

「それでも発見できなかったのか」

「ああ。三十歳前後の白人の殺人犯は何十人もいたが、軍隊経験はあっても火傷の跡がなかったり、逆に火傷の跡があっても軍隊経験は皆無であったりという具合に、すべての条件に当てはまる者はついぞ見つけ出せなかった」

ハイデンは淡々と説明を続けた。

「FBI内部で意見が大きく別れた。殺された男の情報が嘘《うそ》だったのではないか。いや、いつかは事実だろうから、もっと条件を広げて探すべきだ。該当する囚人を全員、徹底的に取り調べてみてはどうか——。しかし経歴上、不審な点のない囚人をいくら問い質したところで、自白など期待できるはずもない。そこで内部からコルブス捜索を行ってはどうかという意見が、持ち上がったというわけだ」

ＦＢＩにすれば一石二鳥なのだろうとユウトは考えた。本当に存在するのどうかもわからないコルブスを探すために、ＦＢＩ捜査官を囚人に仕立てて危険な刑務所の中に潜入させるのは、あまりにもリスクが大きすぎる。だが、もとから囚人のユウトなら失敗しようが身に危険が迫ろうが、ＦＢＩの責任問題にはならない。それに自分の人生がかかっているのだから、尻を叩かなくてもユウトは必死で働くと踏んだに違いない。

自分がＦＢＩにとって、都合のいい使い捨ての駒でしかないことはわかっていたが、ユウトにとっても願ってもない取引だった。コルブスを発見できなかったからといって、刑期が延びるわけではないのだ。ただし鼻先にぶら下げられた人参は、現実には存在しないかもしれない餌だった。その可能性だけは頭に留めておかないと、唯一の希望は一転して恐ろしい絶望となり、ユウトを深く打ちのめすだろう。

ユウトは覚悟を決め、ハイデンにその意思を伝えた。迷う理由などひとつもなかった。

基本的にＦＢＩからいっさいのサポートは受けない。ユウトから電話できるのは確かな情報を摑んだ時だけ。そういう条件で、なんの特権も与えられることなく、ユウトはあくまでもただの囚人として、シェルガー刑務所に送り込まれたのだ。

あらかじめＦＢＩからは、いくつかの条件を満たしている囚人のリストは見せられた。人数は十二名で、すべて西棟の住人だ。彼らの名前と顔写真は、頭に叩き込んでいる。

ハイデンが別れ間際に教えてくれた。コルブスとは、ラテン語でカラスを意味する言葉だと。

闇にとけ込む真っ黒なカラスのように、彼は囚人の群れの中にひっそりと紛れ込んでいるのだ。彼を見つけ出すまで、ユウトに自由はやってこない。

皮肉なことに犯罪者を取り締まってきたユウトの希望は、今や極悪非道のテロリストただひとりなのだ。


いつの間にか眠っていたらしく、ユウトはあの嫌なベル音で目を覚ました。

目を開けると、ベッドの端に腰を下ろしたディックが本を読んでいた。彼のベッドを占領していることを思い出して謝罪しようとしたが、それより早く話しかけられた。

「最終点呼だ。この時間以降、扉は朝までロックされて、十一時に消灯で灯りが落ちる」

ディックの言葉に頷いて、ユウトは身体を起こした。あまりの痛みに低い唸《うな》り声がこぼれたが、看守がやって来たのでどうにか立ち上がり、自分の認識番号と名前を告げた。

これで朝まで誰にも邪魔されずに眠ることができる。ユウトは安堵の溜め息をついて、二階のベッドに上がろうとハシゴに手をかけた。しかしすぐディックに「よせ」と止められた。

「お前は下のベッドを使え。その身体じゃ当分、上り下りは無理だ」

ディックは毛布と枕だけを入れ替え、自分のベッドを譲ってくれた。有り難い申し出だったので素直に従うことにした。再びユウトがベッドに腰を下ろすと、ディックが水の入ったプラスチックのコップと、錠剤のようなものを差し出してきた。

「医務室からくすねてきた鎮痛剤だ」

またもや思いがけない親切心を示され、ユウトは驚いた。愛想の悪い男だが、意外と優しいところもあるらしい。感謝の言葉を口にしてから、ユウトは錠剤を飲み下した。その様子を腕組みして眺めていたディックが、ぶっきらぼうに言った。

「BBの仲間に襲われたことは、絶対に看守に教えるな」

「仕返しされるからか？」

「それもあるが、ムショの中じゃ看守は囚人全員の敵だ。たとえ刺されても、犯人が誰かなんて言うんじゃない。囚人には囚人のルールがあるってことを覚えておけ。……このAブロックにはフェイという中国人がいる。アジア系囚人のリーダーだ。明日にでも挨拶をして、仲間に加えてもらうんだな」

「……どうして？」

「どうして？　入所当日にそんな目に遭わされたくせに、お前の頭の中は空っぽなのか」

ディックはユウトを小馬鹿にしたように、片眉を吊《つ》り上げた。なまじ整った顔をしているので、皮肉な表情を浮かべるとひどく冷淡に見えてしまう。

「BBがあれだけおおっぴらな態度でお前に声をかけたのは、こいつは俺の獲物だと、まわりの連中に知らせるためだ。本気でお前をつけ狙うかもしれない。あいつの女になりたいのか?」

言われた内容よりも吐き捨てるようなディックの声の調子に、ユウトの頬は自然と強ばった。

「馬鹿言うな。俺は死んでもあんな男のものにはならな――うっ」

ディックが不意にユウトの両肩を摑んで、ベッドへと押し倒した。衝撃にあばらが鋭く痛み、息さえも止まる。

「レニックス。威勢のいいことを言っても、そんな様でどうやって自分の身を守るっていうんだ? 俺が今すぐお前をレイプして、自分の力だけじゃどうにもならない現実って奴を、身体で思い知らせてやろうか?」

いきなりディックに股間を強く握り込まれ、ユウトは一瞬、痛みさえも忘れて狼狽《ろうばい》した。

「ディック、何を……っ」

「BBが嫌なら俺のものになるか? 俺の専属になれば他の男たちからは狙われないぞ。お前は俺に身体を差し出し、俺はお前の身体を守る。一種の取引だと思えばいい。どうだ?」

のしかかられる重みで胸は苦しいし、潰《つぶ》されそうな力で摑まれた股間も痛む。ユウトは脂汗を滲《にじ》ませながら、必死でディックの厚い胸板を押しやった。

「どけ……っ。たとえレイプされたって、お前の女になるもんか。ましてや誰かに守ってもらいたいとは思わない。人を侮辱するのもいいかげんにしろっ」

――悔しい。怪我さえしていなければ、こんな男、殴り飛ばしているのに。

ユウトは憤怒を剝《む》き出しにしてディックをにらんだ。ディックはたじろぎもせず視線を受けとめていたが、急に乾いた笑みを浮かべ、あっさりとユウトを解放した。

「初日にそんな目に遭わされたっていうのに、なかなかタフな奴だな。その威勢のよさが、いつまで続くのか見物だよ」

自分がからかわれたのだと知り、ユウトは怒りを感じつつも安堵した。同室の男相手に貞操の心配をする毎日なんて、想像するだけでうんざりする。

「いいか。お前が嫌がったところで、数人で襲われればどうしようもない。こういう場所では、お前は明らかに狩られる側の人間だ。……自覚があるから、そんな似合わない髭で見た目を誤魔化しているんじゃないのか?」

冷ややかに揶揄《やゆ》され、ユウトは悔しさを嚙みしめた。自分でわかっていることでも、意地悪く指摘されると神経を逆撫でされる。

「お前はまだここがどんな場所なのか、まったくわかっていない。甘っちょろい考えでいれば必ず痛い目に遭う。ネイサンとミッキーは親切かもしれないが、危険を冒してまでお前を守っちゃくれないぞ。あいつらのように自分で自分の身を守れるようになるまでは、どこかのグループに入れ。今後また誰かに襲われたとしても、俺はお前の面倒なんていっさい見ない。俺は気のいいネイサンやミッキーとは違う。頭の悪い新入りの尻ぬぐいなんてまっぴらだ」

ディックは口早に言うと、一方的に会話を打ち切って二階のベッドに姿を消した。

ユウトはディックの頭ごなしな態度に反発心を募らせた。言ってることは間違いではないのだろうが、もう少しマシな言い方ができないものか。一体、何様のつもりなんだ。

ユウトはいい奴だと思った自分の気持ちを、きっぱりと訂正することにした。

ディック・バーンフォードはとびきりのハンサムだが、魅力的な外見が台無しになるほど極めて無礼な男だ。

3

「刑務所に来て、いいことがひとつだけあったよ」

朝食を済ませて監房に戻る途中、マシューがまだ眠そうな腫《は》れぼったい顔で言った。ユウトはなんだと尋ねた。

「嫌でも早寝早起きができること」

ユウトも同感だった。六時三十分の点呼の後、朝食は七時から始まる。そして消灯は十一時。今時ティーンエージャーでも送らないような規則正しい生活だ。

日中、囚人のほとんどはそれぞれ割り当て作業か、何かしらの活動に参加している。わずかだが報酬を得られる所内の仕事だったり、更生や教育のカウンセリングやプログラムの受講であったりと様々だが、日々の真面目《まじめ》な行いが仮釈放やグッドタイムと呼ばれる刑期短縮のチャンスに直結しているので、何もせずぶらぶらしている怠惰な囚人はそれほどいないようだった。

「仕事は慣れたか？」

ユウトが聞くと、マシューは「ぼちぼちね」と頷《うなず》いた。マシューはミッキーの口利きで、郵便物の仕分けと配達の仕事に就くことができた。ユウトはひとまず図書室でネイサンの仕事を手伝っている。普通、入所して間もない囚人が仕事をしたいと希望すると、厨房《ちゅうぼう》や清掃などのきつい部署に配置されるらしいので、面倒見のいい先輩たちと早々に知り合えたユウトとマシューは、運のいい新入りということになる。

監房での二回目の点呼が終わると、ユウトはネイサンと連れ立って中央棟にある図書室へと向かった。すでに戸口の前には、ネイサンとの面談を希望する数人の囚人が待ちかまえていた。

「毎日、盛況だな。いくらでもやって来る」

「みんな少しでも刑期を短くしたくて必死なんだよ」

ネイサンのもとには連日、大勢の囚人が押し寄せ、順番待ちの列をつくっていた。ユウトは法律資料の分類や書類のタイピングを任されたが、飲み込みが早いとネイサンに誉められた。どことなく、大学時代に担当教授の手伝いをしていた経験を思い出す仕事だった。

「身体のほうは大丈夫かい？　もし辛いなら無理しなくていいよ」

ネイサンは心の優しい男だった。いつもユウトの体調を気づかってくれる。

「大丈夫。問題ないよ」

三日が過ぎても身体は辛かったが、あばらの痛みは治まりつつあり、心配していた骨のヒビは免れていたようで安心した。顔や身体中に青痣をこさえながらも、さほど身体を使わない仕事なので、どうにかネイサンの指示通り働くことができていた。

コルブスを捜すために走り回りたい気持ちはあったが、情報を収集するためにも、ここでの暮らしに慣れながら、自分の足場を固めていくしかない。それにはまずは怪我《けが》を治してからだと、焦る自分に何度も言い聞かせた。

「悔しいだろうけど、我慢するんだよ。短気は自分のためにならない」

「ああ。わかってる」

「公衆の面前で喧嘩《けんか》を売られて逃げると、周囲から腰抜け野郎と軽蔑《けいべつ》されることもある。だから男の沽券《こけん》や体面を気にする囚人は、懲罰房送りも覚悟で受けて立つ。気持ちはわかるけど、そういうのは自分で自分の首を絞める結果にしかならない。ユウトも一時の感情に流されちゃいけないよ」

ネイサンはやんわりとユウトに釘《くぎ》を刺した。ＢＢの手下どもへの怒りはまだ腹の底で燻《くすぶ》っているが、平和主義者のネイサンと一緒にいると、ユウトもここの馬鹿げた空気に染まってはいけないと素直に思えた。

ユウトは知れば知るほどネイサンを好きになった。めちゃくちゃなことが平然とまかり通る世界で、周囲に流されず良識と理性を保って暮らしていくのは並大抵のことではない。穏やかでおっとりして見えるネイサンだが、外見からは想像もつかないほど意志の強い男だった。

刑務所には無気力な白けたムードと、殺伐《さつばつ》としたムードの両極端が同居していた。気の荒い囚人や短気な囚人は、驚くほど些細《ささい》なことで喧嘩を起こす。やれ目が合っただの、腕が当たっただの、陰口を言っただの、いちいち理由を挙げればきりがないほどだ。

「喧嘩くらいしか、ありあまるパワーを発散させる方法がないなんて、悲しいことだ。特に今、一番深刻なのは人種間抗争だよ。ここ一年ほど、ずっと危険な状態にある」

午前中、最後の面談が終わると、ネイサンは憂鬱《ゆううつ》げな顔で切り出した。

「先月も黒人とチカーノの間で揉《も》め事が起きて、黒人ギャングのひとりが刺された。怒り狂ったブラック・ソルジャーがチカーノのボス、E・リベラを襲撃したが、逆にリベラに返り討ちに遭い、三人が重傷を負った。リベラは懲罰房送りとなったけど、それはリベラ自身を黒人の攻撃から保護するという意味もある」

「どういうことだ？」

話を聞きながら法令書を棚に戻していたユウトは、ネイサンを振り返った。

「リベラは外の世界でも、過去にチカーノ最大のストリート・ギャングを率いていたことがある、カリスマ性のある男なんだよ。もしも彼が黒人に殺害されるようなことがあれば、ただちに抗争が勃発することは目に見えている。……野球の試合なんかで喧嘩が起こると、全員がグラウンドに飛び出していくだろう？　あれと同じで乱闘が起きたのに黙って見ている奴は、後から卑怯者《ひきょう》と非難される。だからもし大きな乱闘が起これば、騒ぎは刑務所全体に広がる。それに一度、火の手が上がれば黒人対チカーノの争いはシェルガー刑務所のみならず、外の世界にまで飛び火しかねない。だから所長のコーニングは抗争を起こさないよう、ブラック・ソルジャーのボスを説得しているらしい」

「ボスってBBのことか?」

「いや。BBはまだ正式なボスじゃない。あいつの立場はあくまでもナンバーツーだ」

「本当のボスは誰なんだ?」

「チョーカーという男だ。まだ四十前なのに末期癌に冒されて、今は医務室のベッドにいる。死にかけているが、まだ黒人たちに深く尊敬されているから、ボス気取りのBBも表向きはチョーカーの言葉に逆らえないんだ。チョーカーは所長の説得に応じて、チカーノと抗争を起こさない平和路線を模索しているようだ。けど、もし彼が死んで、BBがトップに立てばどうなるかわからない。あいつは気の荒い戦闘的な男だから。……さらにつけ加えると、ディックはチョーカーの面倒をよく見ているんだ。唯一、彼に信頼されている白人さ」

ネイサンの説明を聞いて、ユウトは食堂でのBBの捨て台詞《ぜりふ》に納得した。

「まあ、チョーカーのことは別にしても、ここでディックに喧嘩を売る奴はいないけどね」

言われてみればディックは他の囚人から、どこか遠巻きに見られている節がある。

「それはディックが怖いから?」

「ああ。凶暴というんじゃなくて、めっぽう腕が立つ。彼はここに一年ほど前にやって来たんだけど、当時、太っちょトンプソンと呼ばれている、レスラーみたいな大男がいたんだ。ひどい乱暴者で、ギャングたちでさえ嫌がるような奴だった。ディックは入所早々そいつに尻を狙われて、しつこくつけ回された。まったく相手にしていなかったけど、ある時、とうとうトンプソンがシャワー室でディックに襲いかかったんだ。だがやられたのはトンプソンのほうだった。もの凄《すご》い格闘の末、ディックは奴の首の骨を折った」

「それでトンプソンは？」

「死んだよ。まったくたいした奴だ。素手でグリズリーみたいな大男を倒してしまうんだから」

ユウトは呆気《あっけ》に取られ、苦笑するネイサンをまじまじと眺めた。

「だけど、いくら正当防衛とはいえ、ディックの刑期は大幅に延びたんじゃないのか？」

「いや。トンプソン殺害事件は今も犯人不明のままだ。囚人から毛虫みたいに嫌われていた男だから、ディックの仕業だとチクる奴はいなかったんだよ。あれ以来、誰もディックに喧嘩を売ったりしない。ギャングたちは自分たちに媚《こ》びない彼を煙たがってるけど、むやみに威張ったり偉そうな態度を取る奴じゃないから、一般の囚人はおおむねディックに好意的だ」

愛想は悪いが、暴力沙汰《ざた》とは無縁そうに見えた相手だっただけに、ネイサンのこの話はユウトにとって意外な内容だった。

「……ディックにどこかのグループに入れと言われた。ネイサンはどう思う？」

「安全のためには、そうしたほうがいいだろうね。力のあるグループに入っていれば、誰でも報復を恐れて簡単には手を出そうとはしない。でもだからといって、それで安心ってわけじゃない。どれだけ用心していても、トラブルは向こうからやって来る。交通事故と同じだ。交通法規を守って安全運転を心がけていても、後ろから追突されることもあるだろう?」

「そうだな」

午前中の仕事を終えるとネイサンは売店に立ち寄り、IDカードを見せて煙草《たばこ》をワンカートン購入した。代金はあらかじめ登録してある銀行口座から引き落とされる。刑務所内で仕事をして得た報酬金も口座にストックされるので、預金のない囚人は日々コツコツ働いて、煙草や日用品などを買うための収入を得ているのだ。

「遅くなったけど、俺からの入所祝いだ」

煙草の包みを差し出され、喫煙しないユウトは困惑した。けれど、ここでは煙草は代替紙幣だと教えられたので、素直に礼を言って受け取った。

「たとえばスカッシュコートを使いたい時は、グラウンドを仕切っているロコ・エルマノの幹部、アロンソーに使用料としてひと箱。禁制品のポルノ雑誌が欲しい時は、俺の盟友ミッキーにふた箱。夜食が欲しい時には厨房メンバーにひと箱。そういう具合に使い道はいくらでもある。もちろん現金があれば助かるけど、優しいガールフレンドでもいなけりゃ、そう簡単には持ち込めないからね」

刑務所の中では相当の現金が動いているという。麻薬やマリファナと同様、それらの多くは毎日やって来る大勢の面会者たちの手によって、囚人のもとに運ばれてくるのだそうだ。

麻薬捜査官だったユウトには、面会者がどういう方法で持ち込むのかは容易に想像がついた。

小さく折りたたまれた紙幣や避妊具に包まれた麻薬は、肛門や膣の中、そして時には心温まる手作りクッキーの中に隠されているのだろう。

「酒は持ち運びが難しくて出回る量が少ないから、大抵の囚人は手軽に楽しめるドラッグに走る。野球やフットボールの試合があるたび賭《かけ》も行われる。こんな檻《おり》の中でも巨額が動いているんだ。そしてそれを仕切っているのがギャングたちってわけだ。……ギャングに協力して、小遣い稼ぎに励む看守もいる。本当にどうしようもない場所だよ」

ネイサンは少し外の空気を吸おうとユウトを誘い、グラウンドに足を向けた。あちこちで人種ごとに囚人たちが群れている。ネイサンは人気《ひとけ》のない場所を選んで腰を下ろした。

「ユウト。食堂での話だけど。……冤罪《えんざい》だというのは本当なのか？」

遠慮がちに聞かれ、ユウトはネイサンを見つめた。ネイサンのヘイゼルの瞳には、デリケートな問題に触れる躊躇《ためら》いが見え隠れしている。ユウトは視線をそらすことなく頷いた。

「俺は無罪だ。殺された同僚のポールは俺の親友だった。……俺は本当にポールを殺してなんかない。誰かにはめられたんだ。物的証拠が揃ってる以上、どうしようもない」

ネイサンは「そうか」と答え、足元に目を落とした。しばらく考え込むように黙っていたが、再びユウトを見つめると小さな声で呟《つぶや》いた。

「実は俺もなんだよ」

「え？」

「俺も冤罪なんだ。そういうことを言うと、他の囚人と溝ができるから内緒にしてるんだけどね。やってもいない殺人の罪で、二年前にここに入れられた」

思いも寄らない告白を受け、すぐには言葉が出なかった。ネイサンは驚くユウトに寂しく微《ほ》笑《え》んだ。諦《あきら》めを感じさせる、もの悲しい笑みだった。

「俺の罪は母親殺しだ。男をとっかえひっかえするような、だらしのない女だったけど、俺は彼女を愛していた。たったひとりの家族だったんだよ。家に押し入った何者かに、母は撃たれて死んだ。警察は事業に失敗して多額の借金を抱えていた俺が、保険金目当てで強盗に襲われたように見せかけて母を殺害したと思ったらしい。不利な証拠ばかりをあげつらって、俺の言い分なんてまったく聞いてくれなかった。やりきれない話だよ」

ネイサンはバスケットコートでボールを奪い合っている囚人たちに、遠い目を向けた。

「ここにいる男たちは確かにみんな犯罪者だ。社会からはみ出した、最低の連中ばかりさ。だけど中には不当に重い刑期を言い渡された人間もいるし、お金がなくてちゃんとした弁護を受けられなかった人間もいる。俺はそういう奴らの手助けをしたいと思い、今の活動を続けているんだ。自分を救えない男が何を偉そうにって、笑われるかもしれないけどね」

ユウトはネイサンの志に深い感銘を受けた。自分と同じように不幸な境遇にありながら、ネイサンは他人のために活動している。ただ優しいだけではできないことだ。不遇を嘆き、救われることばかりを考えている自分が恥ずかしくなる。

「ユウト。頑張って真面目に服役していれば、刑期も短くなる。君は十五年の刑期だろう？　運がよければ半分ほどで仮釈放になるかもしれない。そのためには、ここの悪い空気には染まらず模範囚になって、早く外に出られるよう努力するんだ。……さあ、食堂に行こうか」

ユウトは立ち上がったネイサンの背中を眺めながら、今の言葉を噛みしめた。運がよくても七年か八年。二分の一の刑期だが、それでも無実のユウトにとっては長すぎる。

ユウトは自分がネイサンのような人格者には、到底なれそうもないことはわかっていた。どう足掻《あが》いても、自分の不運を大人しく受け入れることなどできない。

ならばコルブスを捜すしかないのだ。それ以外、ここから出る方法はないのだから。

シェルガー刑務所に来てから二週間が過ぎた。ユウトは可能な範囲でＦＢＩがリストアップした囚人たちをチェックし始めた。とはいっても直接話しかけたり、露骨に周囲を嗅ぎまわることはできない。とりあえずは食堂や娯楽室などで対象者を見かけた時に、さりげなく様子を窺《うかが》ったり、どういう連中とつき合っているのかを確認する程度の捜査から開始した。

ユウトは自分のすべきことを、あえて捜査だと考えることにした。私情や自分の欲を行動の理由にすると、どうしても判断が鈍るし冷静さを欠いてしまう。

元ＤＥＡの麻薬捜査官、ユウト・レニックスに下された特別任務。それは恐ろしいテロリストを追いつめる獄中での潜入捜査——。まるで三流映画のヒーローみたいで自嘲《じちょう》の笑いが漏れそうだったが、仕事だと意識を切り替えることで少しでも事態が好転するなら、無様なスーパーマンにでも滑稽なスパイダーマンにでもなってやるという気構えだった。

ミッキーはマシューのことをすっかり気に入り、常に行動を共にして面倒もよく見ていた。ミッキーはお調子者だが顔は広い。彼の弟分と認知されたおかげで、マシューの貞操はまだ守られていた。とはいっても、すれ違いざまに尻を撫《な》でられたり、露骨な誘いを受ける程度のからかいはしょっちゅうらしかった。中には隙《すき》あらばとしつこく口説いてくる囚人もいるようだが、ユウトが襲われた一件もあってか、呑気《のんき》なマシューも憶病なほどの注意深さを持つようになり、今のところレイプの危機は回避できていた。

一方、ユウトのほうはといえば、懸念していたBBの魔の手は今のところ迫っておらず、拍子抜けするほど静かな日々を送っていた。初日にBBに目をつけられたためか、新入りだから言いなりになれと強引に迫ってくる者もいない。むしろBBの獲物に下手に関われば、自分の身が危ないとでもいうように、大抵の囚人はユウトに対して遠慮がちに接してくるほどだった。

「ユウト。娯楽室に行こうぜ」

夕食後、ユウトが監房で本を読んでいたらミッキーがやって来た。もちろんマシューも一緒だ。娯楽室は囚人にとっては一番の社交場で、他のブロックの人間とも気兼ねなく交流できる。もし調査対象者がいれば様子を観察できると思い、ユウトも行くことにした。

三人で連れ立って出かけると、廊下の窓からディックとネイサンの姿が見えた。ふたりは夕暮れが迫る中、人気のないバスケットコート脇のベンチに腰かけて話し込んでいた。

「ねえ、ミッキー。あそこにディックとネイサンがいる。ふたりも誘おうよ」

マシューが言うと、ミッキーは「やめとけ」と素っ気なく首を振った。

「ああやって、ふたりがわざわざ人気のない場所を選んで話をしてる時は、他の奴らに邪魔をされたくない時だ」

「なんで？ 何か大事なことを相談し合ってるの？」

ミッキーが眉《まゆ》をひょいっと吊《つ》り上げた。

「馬鹿者。奴らは愛を語らい合ってるのさ」

「えっ？ あのふたりってそういう関係だったのっ？」

マシューが驚愕《きょうがく》すると、ミッキーはブッと吹き出した。担がれたことを知ったマシューが、「騙《だま》すなんてひどいや」と唇を尖《とが》らせる。

「いやいや。別に騙したわけじゃねぇ。ふたりは恋人同士じゃないが、本当に仲がいいんだ。なんてぇんだ、特別ウマが合うっていうのか？ ネイサンはディックのことをすごく信頼してるし、ディックもネイサンにだけは気を許している。ムショの中で親友ができるなんて、羨《うらや》ましい話だぜ」

言われてみればディックとネイサンは、時々あんなふうにふたりきりで話をしている。グラウンドの外周をぶらぶらと歩いたり、グラウンドの隅っこに腰かけたりして、親密そうに話すふたりの姿は、なんとなく他人には入り込めない不思議なムードが漂っていた。

「あ、でも話が終わったみたいだよ。こっちに来る」

「もうグラウンドが施錠される時間だからな。よし、じゃあ声かけるとするか」

ふたりが中央ゲートから入ってきたので、ミッキーはディックとネイサンを娯楽室に誘った。ネイサンは笑って頷いたが、ディックには疲れているからと素気なく断られた。だが、それくらいで簡単に諦めるミッキーではない。

「せっかくの日曜の夜だぞ。パーッとみんなで繰り出そうや。なあ、一緒に来いよ」

「ミッキー、俺は部屋で休みたいんだ」

「ヘイヘイ、ディーック。孤独が好きなクールガイ。かっこつけても、ここにいるのはむさ苦しい野郎ばっかだ。ニヒルに決めても、キャー素敵~って騒いでくれるカワイコちゃんなんていねぇんだから、気取ってないでもっと愉快にやろうぜ。ええ?」

しつこく誘われて根負けしたディックは、苦笑を浮かべ「わかったから黙れ」とミッキーの口を乱暴に塞《ふさ》いだ。陽気で冗談好きのミッキーには、ディックも時々ふざけた態度を取る。

そういう姿を見るたび、どうして自分にだけ冷たい目を向けるのだろうかと、ユウトはこっそり考えずにはいられなかった。

ディックのユウトに対する態度は一貫して素っ気なく、同じ監房で寝起きしていながらも、ほとんど会話らしい会話は交わしていなかった。ディックの口数は少ないが、ネイサンとは長々と話し込むのだから、会話するのが嫌いというわけではないはずだ。

だからディックが自分と口を利かないのは、単に嫌われているからだと思うことにして、ユウトも自分から必要以上のことは話しかけないよう心がけていた。

だが呼吸の音まで聞こえそうなほど近くにいるのに、相手が存在しないかのように振る舞うのは意外とストレスが溜《た》まる。仲良くとまでは言わないが、普通に天気の話くらいはできる関係になれたら、と思うことは何度もあった。そんな期待にも似た気持ちは、ディックの取りつく島のない態度の前にいつも粉砕し、結局ふたりのよそよそしい関係は、ユウトが入所した日から何ひとつ進展していなかった。

自分のどこがそれほど気に入らないのだろうか。特にディックの気に障るようなことを言った覚えはないし、礼儀知らずな振る舞いをして顰蹙《ひんしゅく》を買ったわけでもない。確かに初日は怪我をして迷惑をかけたかもしれないが、ユウトは被害者なのだから、あれっぽっちのことでそこまで毛嫌いされるのは納得がいかなかった。それにディックだって冗談とはいえ、怪我をしたユウトを押し倒すという非礼を働いたのだからお互い様だ。

自分を嫌う具体的な理由があるなら、言葉ではっきりと言ってほしかったが、かといって「俺のどこが気に入らないんだ?」と自分から尋ねるのも、なんとなく弱味を見せるようで気が進まなかった。

日曜日の夜とあって、大きいホールのような娯楽室は大勢の囚人であふれかえっていた。目ざとく空いたテーブルを見つけたミッキーが、素早く走っていって座る場所を確保した。ミッキーの奢《おご》りだというぬるくなった炭酸ジュースを飲みながら、ユウトは周囲を見渡した。

トランプに興じるグループもいれば、雑談に花を咲かせて盛り上がっているグループもいる。奥のほうにはビリヤード、それにテーブルサッカーやスピードボールなどが置かれているが、ギャングたちが占領しているので、ゲームに参加できない囚人は退屈しのぎに勝敗の行方を眺めて楽しんでいた。

社会から切り離された場所でも、日曜は休日らしいムードに覆われる。朝には所内の教会でクリスチャンのための礼拝が行われるし、工場作業などもすべて休みだ。面会人も大勢やって来るせいか、どことなく刑務所全体が浮き足立ったまま一日が終わる。最終点呼まであと二時間。残りわずかな休日の夜を、表面的には誰もがそれなりに楽しんでいるように見えた。

ミッキーがポケットからトランプを出して、ポーカーをやろうと言った。ユウトが煙草でも賭けるのかと聞くと、ミッキーは反対のポケットから小さなコインをジャラジャラと取り出した。

「このコインがポーカーチップの代わりだ。均等に分ける。ゲームはファイブ・スタッドでルールは特にないが、すべてのディールに全員が参加すること。それとチェックはオッケーだ」

「何も賭けないんじゃ、気合いが入らないいな」

マシューがこぼすと、ミッキーはニヤニヤ笑ってカードを切った。

「坊や。賭けないポーカーなんぞ、するわけがないだろう？　コインの量で勝ち負けを決めるんだよ。ビリケツの奴には罰ゲームが待ってる。命令できるのは勝者だ」

「何それ。罰ゲームなんて嫌だよ」

マシューの抗議を無視してゲームは始まった。それぞれ配られたカードをにらみながら、コインを置いたりゲームから降りたりしながら、ラウンドを重ねていく。ポーカーは心理戦の要素が大きい。ユウトはテーブルを挟んで四人の顔色を窺った。ミッキーは自分のカードを見て大袈裟《おおげさ》に顔をしかめたり悪態をついているが、どうせブラフだろう。ネイサンは常に笑いを浮かべ、ディックは完璧《かんぺき》なまでに文字通りのポーカーフェイス。表情を読みやすいマシュー以外は、手の内を察するのは難しかった。

三回のゲームが終わった時点で、ユウトは二位につけていた。トップはディック。ディックには負けたくないという妙な対抗心が湧いて、最後のラウンドで勝負に出ることにした。ユウトのハンドはフルハウス。勝てる自信はあった。三位のミッキーもユウトに対抗してか、手持ちのコインをすべて賭けた。

けれど手の内を見せ合うショー・ダウンで大どんでん返しが起こった。ミッキーのカードはなんとストレートフラッシュだったのだ。

「あり得ない。……カードを配る時にいかさましたんじゃないのか？」

最後の最後で大負けしたユウトが憮然《ぶぜん》と抗議すると、優勝したミッキーが「なんだと?」と意地の悪い笑みを浮かべた。

「そういう最低の負け惜しみを抜かす野郎には、最高の罰ゲームだ。ユウト、シスターたちのテーブルに行って、一番タイプの相手にこう言うんだ。お嬢さん、その麗しい手にどうかキスさせてくださいってな」

「……冗談だろ?」

「勝負の世界にジョークはない」

ミッキーがふんぞり返ってきっぱりと言い切る。ユウトはシスターたちが集まっているテーブルへと視線を向けた。男とも女ともつかない十人ほどのけばけばしい四人が、ふたつのテーブルを占領して騒がしくお喋《しゃべ》りしている。明らかに周囲から浮きまくった派手な一群だ。

シスターとは女装したゲイたちのことだった。常に気合いの入った化粧をして、爪にはマニキュアを施し、所内でも目立っている。もちろん女装といっても完璧には無理なので、四人服の裾を腰で縛ってウエストを細く見せたり、中にレースのキャミソールを着たり、大きな布をスカート代わりに腰に巻いたりして、可能な範囲で女らしく見えるよう健気に工夫していた。

「行けよ、ユウト。お前は女のひとりも口説けない腰抜けなのか?」

面白がるミッキーに、ユウトは恨めしげな目を向けた。

「だって、あそこにいるのは女じゃない……」

「股にアレをぶら下げていたって、みんな心は可愛い女さ。どいつもいい男が大好きだぜ」

誰もミッキーの悪ふざけを止めようとしない。ネイサンとマシューは笑いをこらえているし、あのディックまでがニヤついて、ユウトがどうするのかを見守っていた。

クソッと思いながらシスターたちを見ていたユウトは、あることに気づいた。テーブルの一番奥の壁際に座っている浅黒い肌のシスターに、何か話しかけている男。コルブス候補のリストに入っているBブロックの住人、ジョー・ギブリーだ。

ユウトは瞬時に判断を下し、椅子から立ち上がった。

「行けばいいんだろう。覚えてろよ、ミッキー」

不機嫌を装い、ユウトはシスターたちがいるテーブルに向かった。ゆっくり近づいていくと彼女たちは急に口をつぐみ、舐めるような視線でユウトをじろじろと眺めた。

「坊や、なんの用だい。もしかしてアタシたちに、おしゃぶりして欲しいのかい?」

黒人の太ったシスターがユウトをからかうと、いっせいに笑いが起きた。ユウトはシスターたちをぐるりと見回し、さり気なくギブリーを見た。ギブリーはユウトには関心を示さず、ずっとラティーノらしきシスターに向かって熱心に話しかけていた。

「なあ、トーニャ。俺だって別に悪気はなかったんだ。シンディがあんまりうるさく喚《わめ》くから、ついカッとなって手が出ちまっただけでさ。もう二度とやらねぇから、シンディとやり直させてくれよ」

懇願するような態度で、ギブリーが必死で訴えている。

「よくそんなことが言えるわね。あんたがあの子に怪我を負わせたの、これで何度目だと思ってるのよ。もうシンディは嫌だって言ってるの。あんたみたいな男となんか、金輪際つき合いたくないんですって」

トーニャと呼ばれたシスターは、ハスキーな声で冷たく答えた。彼女は目を引く容姿をしていた。年齢はよくわからないが、艶《つや》やかな長い黒髪を頭の上でキリッと束ね、控えめな化粧でも十分に美しいと思える顔立ちをしている。

「けどよぉ――」

「くどい。今後あの子に近づいたりしたら、私が承知しないわよ。もう消えて。あんたの鬱陶しい顔なんて、これ以上見ていたくないわ」

トーニャが不快感をあらわに顔を背けると、ギブリーの態度が急変した。

「このオカマ野郎……っ。ひとが下手に出ていりゃいい気になって。何様のつもりだ！」

激昂したギブリーがポケットから何かを摑《つか》み出した。握り締めた拳から小さな刃先が出ている。小さなカッターナイフだ。ユウトは素早い動作でギブリーの腕を摑んだ。

「やめろ。何、物騒なもの握ってるんだ」

渾身《こんしん》の力で押さえ込みながら、ユウトはギブリーの耳元で囁《ささや》いた。

「お前、誰だっ？　放せっ」

「落ち着けよ。そんなことしてなんになる？　……ほら、看守がこっちを見てるぞ」

ギブリーがハッとしたように、壁際にいる看守に目を向けた。その視線が自分たちの上に留まっていることを知り、表情を強ばらせる。

ギブリーの異変に気づいたのか、看守がゆっくりと近づいてきた。ギブリーの身体が硬直している。

「おい、ギブリー。何をしている」

「べ、別に何も……っ」

ユウトは狼狽《うろた》えるギブリーの手から、そっとカッターナイフを奪った。看守に気づかれないよう、素早く自分のポケットにしまい込む。

「手を開け。早くしろ」

間一髪のところだった。ギブリーはおどおどした様子で、看守に両手を開いて見せた。看守はそれだけでは納得せず、探るようにギブリーの身体を触ったが、何も所持していないことを知ると、「騒ぎを起こすなよ」と注意して立ち去っていった。

「ポケットに戻すが、二度と振り回すなよ」

ユウトはギブリーにカッターを返し、ポンと肩を叩《たた》いた。

「……頭の血が下がったか？」

ギブリーはすっかり戦意喪失したのか、青ざめた表情で頷いた。

「あ、ああ。大丈夫だ……。看守に怪しまれるといけないから、もう行くよ」

ギブリーは落ち着きのない態度で足早に離れていった。後ろ姿を見送りながら、ユウトはギブリーをコルブス候補から除外した。後先考えない短気さと、それに反比例する気の弱さ。あんな男がカルト集団を率いる、テロリストのリーダーであるはずがない。

ギブリーがいなくなるとシスターたちは、口々に彼の文句を言い始めた。

「すぐカッとなるんだから、本当に困った男だよ」

「あいつが強気になれるのは、自分より弱い相手だけさ」

彼がナイフで斬りかかろうとしていたことに、シスターたちは気づかなかったようだが、当のトーニャだけは見抜いていた。

「危ないところを助けてくれてありがとう。顔に傷でもつけられたら、ショックで毎日泣いて暮らさないといけないところだったわ」

トーニャに話しかけられ、ユウトはあらためて彼女に向き直った。

「あなた、新入りさんね」

「……やあ。俺はAブロックのユウト・レニックスだ」

褐色の肌のシスターは膝を組んだまま、ユウトを見上げて蠱惑《こわく》的に唇の端をキュッと上げた。どう微笑めば、自分が一番魅力的に見えるか知り尽くしているのよ、とでも言うように。

「私はトーニャよ。あなた、男前のディック・バーンフォードと同室の新入りでしょ。初日からBBに唾《つば》つけられたんですって？　あんなケダモノに狙《ねら》われて可哀想に。その素敵なお尻はまだ無事なのかしら」

からかうようなハスキーボイスはやけに色っぽくて、煙草と酒に喉をやられた水商売の女と話している気分になる。ユウトは苦笑を浮かべて、今のところはと答えた。

「私に何か用？　悪いけど、娯楽室じゃ商売の話はしないわよ」

一瞬、どういう意味なのか考えたが、彼女たちにとっての商売がなんなのか、すぐに思い至った。ユウトはバツの悪い思いで首を振った。

「そういうつもりはない」

「じゃあ、なんの用？」

そう聞かれて最初の目的を思い出した。そうだった。罰ゲームのキスだ。

ユウトは相手をトーニャに決め、歯切れ悪く切り出した。

「ちょっと君にお願いしたいことがあるんだ。とても不躾《ぶしつけ》で失礼な頼みなんだけど、もし嫌でなければ、その、君の手に……キスさせてもらえないだろうか？」

ユウトの言葉に聞き耳を立てていたシスターたちが、いっせいに黄色い悲鳴を上げる。顔から火が出そうなほど恥ずかしかった。クソミッキーめ、と後ろを振り返ると、ミッキーは立ち上がって腕をぐるぐる回してはしゃいでいた。

トーニャはそんなミッキーに気づき、「あらあら」と口元をほころばせた。

「お調子者のミッキーと賭でもしたの？」

察しのいいトーニャが助け船を出してくれたので、ユウトは本気でホッとした。

「ポーカーに負けた罰ゲームなんだ」

「そう。手にキスするくらいかまわないけど、条件があるわ。明日、私の部屋にお茶を飲みに来て。Cブロックの一階、一番奥の部屋よ。いい？」

ユウトはわかったと即答した。シスターたちが騒ぐので、他の囚人たちも何事かとこちらを見ている。とにかく早く用を済ませて、この場から立ち去りたかった。

「じゃあ、土曜の昼食後に来てちょうだい。待ってるから」

まるで貴婦人のように優雅な仕草で、トーニャがほっそりとした手を差し出してくる。ユウトは手を取り、上体をかがめてトーニャの手の甲にそっと唇を押し当てた。トーニャの気品のある美しさのせいか、相手が男だとわかっていても、まったくと言っていいほど不快感はなかった。

ユウトが頭を上げて、感謝の気持ちを伝えるためにぎこちなく微笑むと、トーニャもまるで既知の相手を見るように、親しげに笑いかけてくれた。

「トーニャだけなんてずるいわっ。アタシにもキスしてよっ」

他のシスターたちが小娘のようにキャーッと騒ぎ、ユウトに抱きついてきた。もみくちゃにされながらもどうにか抜けだして、ユウトは逃げるように自分のテーブルへと戻った。

「ギブリーと何を話していたんだい？」

ネイサンが心配そうに尋ねてきた。

「カッカしてたから、落ち着けよって言っただけだ」

ユウトが適当に答えると、ミッキーが楽しげに身を乗りだしてきた。

「やるじゃねぇか、ユウト。よりによってトーニャ姐《ねえ》さんにキスするなんて、お前も勇気のある奴だ。リベラが懲罰房にいて命拾いしたな」

手を叩いて喜ぶミッキーに、ユウトは訝《いぶか》しく視線を投げた。

「リベラってロコ・エルマノのボスの？　命拾いってどういう意味だ？」

「トーニャはリベラの愛人で、その前は白人ギャングＡＢＬのボス、ヘンリーともいい仲だった。その上、シスターたちのまとめ役ときている。シェルガー刑務所いちの美人だが、トーニャに手を出したら命はねぇぜ」

そういうことは先に言ってくれ、とユウトは溜め息をついた。わかっていたら、そんな危険な相手にキスさせてくれなんて頼まなかった。ポーカーの罰ゲームで余計な逆恨みを買うなんて、とんでもない話だ。

「リベラは器の大きい男だから大丈夫だよ。誰かがトーニャに色目を使っても、自分の女には魅力があると思うくらいで、怒ったりしない。でもヘンリー・ゲーレンは要注意だな」

ネイサンが安心させるようにユウトに笑いかけた。ユウトの耳は最後に出てきた名前に反応した。ヘンリー・ゲーレン。調査対象者のひとりだ。しかも過去の経歴を見る限り、コルブスである可能性は他の対象者より高いと思われる。

「ゲーレンはどんな男なんだ」

「あそこにいるスキンヘッドのでかい男がそうだ」

ミッキーが奥のビリヤード台を指さした。ユウトが目をやると、ゲーレンらしき男はキューを持ったまま、かたわらにいる美形の青年の腰に腕をまわし、耳元で何か囁いていた。少女のように華奢《きゃしゃ》な青年は、甘えるような仕草で大男の肩に頭を載せた。

「白人至上主義のネオナチ野郎で、娑婆《しゃば》じゃあ極右組織に加わっていたって話だから筋金入りだな。冷血でおっかない野郎だから、気をつけな」

「隣にいるのは？」

「ゲーレンの女だ。リンジーといって、まだここに来て一年くらいだが、上手いことゲーレンに取り入って、今じゃ女王さま気取りだ。あんな小娘より、トーニャのほうがずっといい女なのに、ゲーレンも趣味が悪いぜ」

「そう？　あの子のほうがずっと可愛いよ。俺だったら、リンジーとつき合うな」

マシューが口を挟むと、ミッキーは呑気な弟分の頭を「アホか」と叩いた。

「俺さまがいなけりゃ、お前は今頃シスターたちのお仲間になって、ムショの中をクネクネしながら練り歩いてるところだ。生意気に女の好みなんて抜かしてるんじゃねぇよ」

ミッキーに叱《しか》られ、マシューは拗《す》ねた顔つきで黙り込んだ。

「さっきトーニャから部屋に遊びに来いって誘われたんだが、行っても大丈夫だろうか」

ユウトがお伺いを立てると、気をよくしたミッキーはにこやかにアドバイスしてくれた。

「シスターたちのお茶会だな。それくらいなら参加しても平気さ。Cブロックに行くのが不安なら、俺がトーニャの部屋まで連れてってやる」

「それは心強いな」

面倒見のいいミッキーに笑いかけながら、ユウトはどうにかしてトーニャからヘンリー・ゲーレンに関する情報を得られないだろうかと考えていた。


最終点呼の時間になり、ユウトたちは自分の監房へと戻った。

「娯楽室ではギブリーを上手《うま》くなだめたな。あいつ、ナイフか何かを持っていたんだろう」

点呼が終わって新聞を読んでいると、ディックが前に立って話しかけてきた。

「見えたのか？　あんなに離れていたのに」

ユウトが驚いて逆に尋ねると、ディックは「いや」と首を振った。

「俺の位置から何を持ってるのかは確認できなかった。あいつの動きとお前の止め方で、察しがついただけだ。看守が来た時、お前が奪ってポケットに隠したな。どうして奴を庇《かば》った？」

「なんとなくそうしただけで、特別な理由はない」

本当はギブリーの動揺と怯《おび》えが伝わり、そのせいで咄嗟《とっさ》に庇う気になったのだ。調査対象者だから守ったわけではない。

「お前は最初からギブリーばかり見ていた。あいつに興味があったのか？」

興味という言葉が何を指しているのかはわからなかったが、ユウトはディックの観察眼の鋭さに感心した。

「別に。キスを頼もうと思ったシスターに、あいつがしつこく話しかけていたから、邪魔だと思って眺めていただけだ」

ディックはまだ何か言いたげだったが、まあいいというふうにベッドの端に腰かけた。

「……今日は珍しく口数が多いな。どうしてだ？」

ディックは肩をすくめた。

「話をしたいと思ったからだ」

「だからどうして」

「さあ。お前が囚人らしくなってきたからじゃないか？」

「それは嫌みか？　それとも褒め言葉なのか？」

ユウトが顔をしかめると、ディックは「自分で考えろ」と薄い笑みを浮かべた。

「ところで罰ゲームのキスの相手に、どうしてトーニャを選んだんだ。美人だったからか？」

ギブリーが目当てで近づいたのだが、それを話すわけにはいかなかった。ユウトはもっともらしい言い訳を考えた。

「トーニャは俺の母親に少し似ていたんだ。名前はレティシア。チカーノだ」

ディックが意外そうな表情でユウトの顔を眺めた。

「お前、ラテンの血が流れているのか？」

「いや。彼女はステップマザーだ。俺が十歳の時に日系人の親父と再婚した。レティには俺より三歳年上の息子がいたから、家の中じゃ英語とスペイン語が飛び交っていた。おかげでスペイン語とスパングリッシュはペラペラだよ」

スパングリッシュとはアメリカで暮らすラティーノたちが使っている、英語とスペイン語をミックスさせた新しい言語のようなものだ。

「家族は今どこに？」

「親父は二年前に交通事故で亡くなった。それで病気がちだったレティは姉を頼って、アリゾナに引っ越した。親父との間に生まれた、十二歳になる妹のルピータを連れてね。義兄のパコはロス市警で働いている」

二年前、ユウトは早すぎる父親の死を嘆き悲しんだ。今でもその悲しみは消えていないが、父親にこんな落ちぶれた姿を見せずに済んだことだけは、不幸中の幸いだったと思っている。

「兄貴は警察官なのか」

「ああ。……俺と違ってとても優秀な人だよ」

身内に犯罪者がいる警察官――。パコのことを思うと申し訳ない気持ちが先立ち、鉛を飲み込んだように胸が重くなる。けれどパコはユウトを一度も責めることなく、逆に何度も励ましてくれた。有罪判決が下りた時も、何があってもお前を信じているから、と涙ぐみながら言ってくれたのだ。

大学進学と同時に家を出たユウトは、卒業後、ニューヨークのＤＥＡで働くようになった。そのせいでみんなには年に一、二度しか会えなくなったが、ユウトにとって家族はかけがえのない大事な存在だった。肌の色も違うし血も繋《つな》がっていないが、それらを補ってあまりある強い絆《きずな》がある。

顔を見ると辛くなるから面会には来ないで欲しいと、パコには強く頼んでおいた。代わりに一昨日、手紙が届いた。

具合を悪くして入院しているレティの様子や、伯母の家で従姉妹《いとこ》たちと元気に暮らしているルピータのこと。そして自分も元気でやっているという報告。最後には、お前の気持ちが落ち着いたらすぐに会いに行くから連絡してくれ、という言葉が添えられていた。

「お前は？　家族はどこにいるんだ」

ユウトが尋ねると、ディックは首を振った。

「いない。俺は施設育ちの孤児だからな」

ユウトは「そうか」と短く呟いた。自分でも素っ気ないと思ったが、社交辞令で安易に同情めいた言葉は口にしたくなかった。短いつき合いでも、ディックが下手な慰めなど欲しがる男でないことはわかる。

「……じゃあ、施設を出てからはずっとひとりだったのか」

「まあな。でも大人になってからは仲間がいたし、恋人もいた。——今は全部失ったけど」

もしも刑務所に入ったことで大事な存在を失ったのなら、やるせない話だった。どれだけ親しくしていても、その相手が犯罪者に寛容だとは限らない。

ふと、ディックの罪状がなんなのか気になった。彼は一体どんな罪を犯して、ここにやって来たのだろう。刑期は何年なのか。

しかし口に出して質問するのも躊躇われた。大抵の囚人にとって、もっとも触れられたくない傷だ。

消灯を知らせるベルが鳴り、ディックは自分のベッドに上がった。しばらくすると、灯りが落ちた。

ユウトは詮索《せんさく》するのはやめておけ、と自分に言い聞かせた。この塀の中では、知らないでいるほうがいいこともあるのだ。

4

昼食後の施錠点呼が終わり、監房の扉が開くと、ブロック内はいつものざわめきを取り戻した。無数の話し声や足音、それに音楽やテレビの音。それらがいっせいに絡み合って耳に馴染《なじ》んだひとつの音となり、建物の中をいっぱいに満たしていく。

ユウトは手を洗うついでに洗面台の鏡を覗《のぞ》き込み、なんとはなしに髪の毛を搔《か》き上げた。伸びっぱなしの髭《ひげ》と髪の毛が、我ながらかなりむさ苦しいと思う。

「レニックス。期待してめかし込んでも、トーニャは身持ちが堅いから無理だぞ」

ユウトは鏡越しに見えているディックの顔を、ぽかんと眺めた。

「無理って何がだよ?」

「そろそろ女が恋しくなったんだろう。気持ちはわかるが、あいつはやめておけ。お前の手に負える相手じゃない」

ディックはユウトが下心から、トーニャの部屋を訪ねるのだと誤解しているらしい。怒りを覚えるほど心外な勘違いだった。

「馬鹿言うなっ。俺はそういうつもりで彼女に会いに行くんじゃない」

ディックはユウトの抗議など聞き流し、「照れるなよ」と訳知り顔で頷いた。

「トーニャが美人なのは事実なんだし、その気になってもおかしくない。見た目は完璧なまでに女だしな」

「違うって言ってるだろうっ。……お前、もしかしてヤキモチを焼いてるのか？　新入りの俺が彼女に誘われたから――」

「お生憎《あいにく》さま。俺も今からトーニャの部屋に行くところだ。さあ、出かけよう。わざわざミッキーに頼まなくても、俺がCブロックまでエスコートしてやるよ」

監房からさっさと出て行くディックを、ユウトは慌てて追いかけた。どういうことなのか、まったくわからない。

「お前もこれからトーニャのところに？　知り合いなのか？」

「たまにお茶会に呼ばれる程度にはな。滅多に参加しないが、トーニャからお前と一緒に来てくれと声をかけられた」

これほどの男前をシスターたちが放っておかないのはわかるとしても、ディックが彼女たちの誘いに応じるとは意外だった。ユウトがそのことを言うと、ディックは薄笑いを浮かべた。

「何も知らないお前をひとりで行かせるのは、さすがに可哀想だと思ったんだよ。シスターたちのお茶会は、想像を絶する恐ろしい世界だぞ」

ディックに脅され、ユウトはにわかに不安になった。もしかしてトーニャの監房に入った途端に、シスターたちに襲いかかられ、裸に剝《む》かれたりするのだろうか。いや、いくらなんでも、そこまではしないだろう……。

一階のフロアに下りた時、マシューが走り寄ってきた。

「ユウト、ディックっ。どこに行くの？　もしかしてトーニャのところ？　俺も行きたいな。一緒に連れていってよ」

「駄目だ。招かれざる客はお呼びじゃない」

ディックのにべもない返事に、マシューは「ちぇっ」と唇を尖らせた。ユウトは今度、お前も呼んでもらえるよう頼んでおいてやるから、とマシューをなだめ、ディックとふたりでAブロックを後にした。

「あの坊や、最近ムショに慣れたせいか、警戒心が薄れてきてるな。この前、チカーノの囚人と一緒に歩いているのを見かけた」

「それくらい、別にいいだろう。それともチカーノとは話をしちゃいけないのか？」

「そうは言ってない。ただリベラがなかなか懲罰房から戻されないから、チカーノの連中は不満を募らせて苛立《いらだ》ってる」

新入りのユウトには苛立っていない囚人などいないように見えるが、ディックには刑務所内に流れる空気の微妙な変化までわかるのだろう。

「リベラってトーニャの恋人だったよな。まだ懲罰房から出してもらえないのか？」

「ああ。チカーノ全体への影響力が強い男だから、万が一黒人に殺されでもしたら大暴動が起きる。そうすれば、少なくともカリフォルニア州のすべての刑務所でも騒ぎになるだろう。看守たちもタイミングを図りかねているみたいだな」

「彼女のお茶会に参加しても、間男だと誤解されたりしないかな」

ディックに自意識過剰だとからかわれ、ユウトはムッとして唇を引き締めた。

「そんなんじゃない。余計なトラブルは避けたいだけだ」

娯楽室での一件があってから、ディックの態度は前よりもくだけたものになった。ユウトが何か話しかければ、嫌がらずに答えてくれる。そのせいでユウトもディックに対し、構えることなく自然な態度で接することができ、ふたりきりでいることも苦痛ではなくなってきた。

ふたりはCブロックのゲートで、セキュリティチェックを受けた。ディックは表立った問題は起こしていないはずだし、手を焼く荒くれ者というわけでもないのに、看守の手つきは彼にだけ念入りだった。ディックの不敵にも見える沈着冷静さが、逆に何をしでかすかわからないという不穏な印象を与えるのかもしれない。

確かにディックには独特のムードが漂っていた。リラックスしているように見えても隙がないし、凄んだりされなくても、すれ違えば自然と道を空けたくなるような迫力が備わっている。ディックの内面から漂うきな臭さを敏感に感じ取っているのは、囚人だけではないのだろう。

「お前、フェイに挨拶《あいさつ》はしてないのか?」

ゲートを抜けてからディックが振り返った。Ａブロックの古参である中国人系ボスの名前を出され、いつかの助言を思い出す。

「挨拶はした。でも仲間に入れてくれとは頼まなかった」

「どうしてだ？」

「……ひとくちにアジア系人種といっても、国が違えば考え方も習慣も違う。俺はこの国で生まれたアメリカ人だ。子供の頃から民族のコミュニティには属さないで育った。肌の色が同じだからといって、上手くつき合っていけるとは限らないだろう？」

「お前の言い分はわかるが、ムショの中じゃ肌の色は重要な意味を持つ」

ディックはユウトの言葉を、以前のように頭ごなしに否定しなかった。お茶会への同行といい、もしかして少しは自分のことを認めてくれる気になったのだろうか、とユウトは考えた。

「じゃあ聞くけど、このＣブロックでは揉め事はないのか？　全員がラティーノといってもメキシコ系、プエルトリコ系、キューバ系、いろいろいるはずだ。同じスペイン語圏の人間でもそれぞれ文化が違うから対立はあるだろう」

外の世界でもメキシコ系はカリフォルニアやテキサスに、プエルトリコ系はニューヨークに、キューバ系はマイアミに、というふうにそれぞれ独自に寄り集まって生活している。いくら刑務所という狭い特殊な世界でも、彼らが垣根を越えて仲良く暮らしているとは思えなかった。

「確かに黒人や白人がいなければ、今度はラティーノ同士で抗争が起きるかもな。今のところチカーノの人数が絶対的に多いから、すぐにその心配はないだろうが」

身を守るために自然と集団ができる。その際、肌の色で集まるのが一番わかりやすい。囚人たちは目に見えるアイデンティティに頼るしかないのだ。

刑務所の中に社会の縮図が見えるようだ。今やラティーノは黒人の人口を追い越し、アメリカ最大のマイノリティに躍り出た。そしてラティーノの半数を占めるのがチカーノ。刑務所の中で彼らが一大勢力として幅を利かせている現状は、ある意味では当然とも言える。

「——ところで、今から俺たちが入る部屋には人種抗争はない。その代わり白も黒も茶色も黄色も一緒くたになって、男と食い物とおしゃれの話で大騒ぎだ。……覚悟はいいか？」

ディックが戦闘開始だと言うように、一番奥の監房の前でユウトを振り返った。すでに騒々しい声が漏れているが、布が掛けられているので中の様子は見えない。緊張の面持ちでユウトが頷くと、ディックは監房の戸口に立ち、中に向かって静かに声をかけた。

「お嬢さんがた、秘密の花園にお邪魔してもかまわないかな？」

パッと布がめくれ上がり、中から現れた黒人のシスターが「ああん」と身をくねらせた。

「みんな、ディックが来たわよっ。それにトーニャの手にキスした、あの礼儀正しい坊やも」

キャーッと歓声が上がり、ディックとユウトは伸びてきた何本もの手に、監房の中へと引きずり込まれた。覚悟していたとはいえ、想像を絶する光景にユウトは声も出ない。監房はふたり部屋らしくユウトたちが住んでいる部屋よりかなり広いが、その中に所狭しと十人ほどのシスターが大集合していたのだ。どぎつい化粧と香水の匂いに頭がクラクラする。

ディックとユウトは熱烈なファンに囲まれた映画スターのように、彼女たちの手にもみくちゃにされ、時には歓迎のキスを受け、クルクル回りながら最後にはふたつあるベッドの上に、無理やり別々に座らされた。その周囲にシスターたちが我先にと争い合って腰を下ろす。

「いらっしゃい、ユウト。ディックもよく来てくれたわね」

奥の椅子に腰かけたトーニャが、婉然《えんぜん》と微笑みかけてきた。紅茶がたっぷり注がれたティーカップを手渡され、やっと生きた心地が戻ってくる。

「クッキーもどうぞ。私のお手製なのよ」

一体どうやって材料を調達して、どこで焼いているのかは見当もつかないが、トーニャのつくったクッキーは甘さがほどよく、サクサクと香ばしくてなかなかのものだった。

「トーニャ。リベラはいつ頃出られそうだ？」

ディックの質問に「近いうちには」とトーニャは答え、煙草に火をつけた。

「出てきたら出てきたで、心配だけどね」

「チョーカーはロコ・エルマノとことを構える気はない。きっと大丈夫さ」

「だといいんだけど。最近のBBはチョーカーの言葉を軽んじているから、安心はできないわ」

ふたりが深刻そうな会話を交わしている最中にも、ユウトは隣にいる年配のシスターからべタベタと顔や頭を撫でられ閉口した。太ったそのシスターは厚化粧の顔をユウトにグッと近づけ、目を輝かせながら声を張り上げた。

「ねえ、みんな。この坊や、髭なんてないほうがいいと思わない？」

他のシスターたちが口々に賛同する。似合っていないことは自覚しているので、ユウトは力なく苦笑するしかなかった。

「そうだ。剃《そ》っちゃえばいいのよ。ね、坊や？」

「え？　いや、それは……」

「賛成！　剃っちゃえー！」

シスターたちがキャーッと叫んで、数人がかりでユウトをベッドに押し倒した。冗談だと思っていたら、ひとりが本当にシェービングフォームと剃刀《かみそり》を手に近づいてきたので、ユウトは焦りまくってディックに助けを求めた。

「ディック！　どうにかしてくれっ」

「俺も彼女たちの意見に賛成だ。むさい髭なんて、この際剃っちまえ」

唯一の味方に見放され、ユウトは顔を引きつらせた。

「いいじゃない、ユウト。私もあなたに髭は似合ってないと思うわ」

トーニャにまでそんなことを言われ、ユウトはもうどうにでもなれと開き直った。ユウトが大人しくなると、シスターたちは最高に楽しそうな様子でユウトの顔を泡だらけにして、ワイワイとお喋りしながら髭を剃り始めた。最後に濡《ぬ》らしたタオルで顔を丁寧に拭《ふ》かれた。

「ほら、やっぱりこっちのほうが何倍も素敵っ。とってもきれいな顔してるのに、隠すなんてもったいないわよ！」

「それにお肌がすべすべっ。なんて羨ましいの！　これじゃあ、男たちが放っておかないわね」

そうならないよう髭を生やしていたんだ、という文句が喉元まで出かかったが、わざわざ教えるのも格好が悪いので、ユウトは沈黙を守り憮然とした顔で髭の消えた顎《あご》を撫でた。

「さ、いいわよ、ユウト。ねえ見て、トーニャ。ハンサムになったでしょう？」

ユウトが起きあがると、トーニャは目を見開いて「ワオ」と感嘆の声を上げた。

「本当。あなた、とっても美形だったのね。驚いた。ねえ、ディック？」

トーニャに同意を求められたディックは、火のついていない煙草を咥《くわ》えたまま、驚きを隠せない表情で「ああ」と頷いた。

「整った顔立ちなのはわかっていたが、髭がなくなっただけで、ここまで印象が変わっちまうなんてな」

ディックにじろじろ見られるのは、どうにも我慢ならなかった。ユウトは左手で顔の下半分を隠し、「見るな」とくぐもった声で文句を言った。

「何、照れてるんだ。ブラジャーを奪われた女じゃあるまいし」

フッと鼻先で笑われ、頬《ほお》がカッと熱くなった。怒りではなく、猛烈に恥ずかしくてたまらなかったのだ。髭のある顔しか見せていなかったせいか、何もない顔を晒《さら》すのは真っ裸になったようで落ち着かない。

しばらくはユウトの顔を話のネタにして、場は盛り上がった。ユウトはトーニャからヘンリー・ゲーレンの話を聞き出したかったが、なかなかきっかけが掴めない。どうやって切り出そうかと思案していると、不意にカーテンが開いてひとりの青年が現れた。

それはゲーレンと一緒にいた美青年だった。勝ち気な瞳で部屋の中を見渡し、ディックの姿を認めると、急にニッコリと微笑んだ。

「騒がしいと思ったら、ディックが来てたの」

「やあ、リンジー。調子はどうだい」

「まあまあよ」

リンジーは他のシスターのように化粧はしておらず、囚人服もノーマルに着こなしている。ごてごてと自分を飾らないのは洒落《しゃれ》っ気がないというより、逆にそんな格好をしなくても私は誰よりも美しいのよ、という自信の表れのようにも見えた。

ユウトの髭を剃った黒人のシスターが、「ちょっとリンジー」と尖った声を出した。

「一体なんの用だい」

リンジーは黒人のシスターを冷たく一瞥《いちべつ》したが、トーニャには媚びるような表情を向けた。

「ねえ、トーニャ。この前、サミー・ポーターがあんまりしつこく言い寄ってくるから、仕方なく相手してやったんだ。でもあいつったら全然金を払ってくれなくて、頭にくるったらないよ。トーニャから、あいつにひとこと言ってくれないかな？」

「……呆《あき》れた。あんた、ゲーレンがいるのにまだ商売してるの？　ばれたら痛い目に遭うよ」

「大丈夫。それよりお願い。あいつに金を払うよう言ってやってよ。トーニャが言えば――」

「お断りだね」

トーニャが冷たく答えた。リンジーの顔色が一瞬で変わる。

「犯《や》り逃げされたり、レイプされた可哀想なシスターのためなら、私は身体張ってでも抗議してやるけどね。何不自由なく面倒見てくれる男がいるのに、陰でこそこそ商売するような売女《ばいた》の世話まではしきれないわよ。顔を洗って出直しな」

吐き捨てるように言われ、リンジーは火が吹き出そうな目でトーニャをにらみつけた。

「ああ、そう。わかったわよ。もう頼まない。あんた、アタシにゲーレンを盗られたこと、まだ恨んでるんでしょう？　いつまでも嫉妬《しっと》なんてして、みっともないったらありゃしないっ」

リンジーの暴言にトーニャよりも、他のシスターたちが激しくいきり立った。

「このプッシー野郎っ。ふざけたこと言ってんじゃないわよっ」

「ゲーレンなんてクソに、トーニャがいつまでも未練持ってるわけないでしょ！」

「お前の男はトーニャに振られた、つっかえ棒がないと役にも立たないフニャチン野郎さっ」

蜂の巣を突いたような大騒ぎだった。罵倒《ばとう》を浴びせかけられリンジーは悔しそうに去っていったが、シスターたちの興奮はなかなか治まらなかった。

「ったくムカつくったらないわっ。散々トーニャに可愛がってもらったくせにさ」

「あんなクソガキ、商売やってんのがばれて、ゲーレンに殺《や》られちまえばいいのよ」

喧々囂々《けんけんごうごう》とリンジーの文句を言い合ってるシスターたちを尻目に、ユウトはさり気なくトーニャに話しかけた。

「ゲーレンてＡＢＬのリーダーだよね。どういう男なんだ？」

トーニャは肩をすくめ、短くなった煙草を吸い殻に押しつけた。

「仮釈放なしの終身刑囚よ。黒人を三人殺したんですって。すごく頭は切れるから、組織のボスには持ってこいだけど、恋人にするには危険すぎる。笑いながら人を刺せるような残忍な奴だから。表面上は優しいからリンジーも舐めてかかってるみたいだけど、そのうちきっと後悔するわね」

残忍で組織を率いる統率力のある男――。昨夜、娯楽室で見かけたゲーレンの顔が、一気にコルブスの冷徹な印象と被《かぶ》る。トーニャとふたりきりなら、ゲーレンの背中に火傷《やけど》の跡はないかと今すぐにでも問い質したかった。資料に記されていなくても、入所してから火傷を負ったという可能性は考えられる。

しばらくして、お茶会はお開きになった。シスターたちはみんなディックとユウトにキスや握手を求め、名残惜しそうにトーニャの部屋から去っていった。どのシスターもディックに対しては恥じらうような、ちょっとはにかんだ顔を見せる。ディックも彼女たちの王子さま役に徹しているのか、普段の無愛想さが嘘《うそ》のように、最後まで紳士的な笑みを浮かべて根気強く相手をしていた。

「シスターたちには随分と優しいんだな」

若干の非難を込めてからかうと、ディックはさっきまでの微笑を引っ込め、ユウトにいつもの感情の読めない冷めた瞳を向けた。

「男ならレディには優しく接するものだ」

「よく言うよ」

「ディックは彼女たちの辛さをよく知ってるのよ。どんなに上手く立ち回っても、身体を売るような危険な商売をしていると、暴力を振るわれたりして、医務室にはよく世話になるから」

トーニャの言葉を聞き、ユウトは複雑な気分に陥った。悩みなどまったくないように見える、底抜けに明るいシスターたちだが、その陰には日陰者としての苦労を山ほど抱えているのだ。

「今日は来てくれてありがとう、ディック」

トーニャがディックの頬にキスをした。ディックも「楽しかったよ」と彼女にキスを返す。ユウトにも同じように挨拶してから、トーニャは可笑《おか》しそうに口元をほころばせた。

「何？　俺の顔に何かついてる？」

「いいえ、その逆。髭がなくなったら、なんだか急に可愛くなったわね。あなた、本当はいくつなの？　二十五歳くらい？」

「よしてくれよ、トーニャ。俺はもう二十八だ」

「まあ、そうなの？　ディックとひとつしか違わないのね」

ユウトとディックを見比べ、トーニャは「でも」とひときわ魅力的な微笑を浮かべた。

「タイプは違うけど、どちらもとびきりのハンサムよ。ふたりが並んで立っていると、ここが陰気くさい刑務所の中だってことを忘れそうになるくらい」


トーニャの監房を出てすぐに、ディックが冷やかすように囁いてきた。

「レニックス。トーニャに惚《ほ》れただろう？」

またそれか、とげんなりしたが、ディックの自分に気を許した態度が少しだけ嬉しくもあったので、ユウトは不機嫌な顔は見せずにわざと澄ました表情で答えた。

「それはお前だろう。トーニャに気があるから、そんなことばかり言うんだ」

「トーニャのことは魅力的だとは思うが、残念ながら俺は女に興味はない」

どう解釈していいのか悩む言葉だった。ユウトは眉根を寄せながらディックの顔を見た。

「それは紛《まが》い物の女性には興味がないという意味なのか？」

「いや。言葉通りの意味だよ。俺はゲイだから」

　あまりにもさらっとカムアウトされ、ユウトは驚くよりも先に呆れてしまった。

「そんな重要なことを、こんな場所で言うなよ……」

　たくさんの囚人が行き交う廊下で、歩きながら自分のセクシャリティを打ち明ける神経の太さが信じられなかった。そういう問題は非常にデリケートで、ユウトにすれば爆弾でも扱うほどの慎重さが必要とされる種類の話という認識しかない。

「どこで言っても同じだろう」

「同じじゃない。誰かに聞かれたらどうするんだ」

　刑務所ではレイプが横行しているし、手近な相手と恋人同士になる男たちも少なくはないが、ゲイだということがばれれば周囲から白い目で見られる。おかしな話だが男同士でくっつくのは、あくまでも女がいないためで、代用セックスだから許される行為なのだ。シスターたちのようなゲイには寛容でも、普通の男が同性愛者であることは異様なまでに嫌悪され、ホモ野郎、オカマ野郎と陰口を叩かれる。

「お前がそんなに口の軽い男だとは思いもしなかった」

「おかしなことを言うな、レニックス。俺は自分のことを正直に話したまでだ」

「もっと用心しろって言ってるんだよ」

　ユウトが怒るとディックは「変な奴だ」と肩をすくめた。

「同室の男がそっちの人間だとわかれば、普通は困ったり気持ち悪がったりするもんだぞ。まさか口が軽いと叱られるなんて、さすがの俺も予想外だ」

ますます腹が立ってユウトはディックをにらみつけた。

「馬鹿にするな。俺はマイノリティを差別したりしないし、他人のセクシャリティにも偏見は持たない主義だ。だがな、もしもお前が俺の尻を狙ったりしたら、俺にだって考えがあるぞ」

「ほう。どうするんだ?」

面白がるようにディックが聞いてくる。ユウトはディックの鼻先に人差し指を突きつけた。

「お前のナニを根本からへし折って、二度と使えないようにしてやる」

凄んで言ったつもりだったが、気合いが入りすぎて逆効果だったらしい。ディックはブッと吹き出し、ついには肩を震わせ爆笑した。

「なんで笑うんだっ」

「いや、だってお前……」

滅多に声を出して笑わないディックに馬鹿笑いされて、ユウトのプライドはおおいに傷ついた。ディックを放って歩き出すと、後ろから腕を摑まれた。

「おい怒るなよ。レニックス」

「お前はいつだって俺のことを馬鹿にする。本当にむかつく野郎だ。ちょっとばかし顔がいいからって、いい気になるなよ」

「なってない。それにお前のことを馬鹿にした覚えはない」

「嘘だ。一番最初の日だって、自分のものになれば守ってやるとか言って、俺をからかったじゃないか。忘れたとは言わせないぞ」

ユウトが詰《なじ》るように言うと、ディックは真顔で言い返してきた。

「あれは半分本気だった」

「……なんだって？」

「BBに目をつけられた可哀想な新入りのために、同室のよしみでひと肌脱いでやってもいいと思ったのさ。俺の女ってことにしておけば、お前に手を出す奴はいなくなるからな」

「お前、最低だぞっ。その気もないのに同情だけで口説かれて、俺が喜ぶとでも思ったのか」

「なんだ。本気で口説かれたかったのか？」

すかさず突っ込まれて、ユウトは呆れかえった。ああ言えばこう言う。いつも無口なくせに、その気にさえなれば、ディックはいくらでも饒舌《じょうぜつ》になれる男だったらしい。

「まあ、お前は断るだろうと思ったがな。それでも、ここがどれだけ気の抜けない場所か、身をもって知ることができただろう？」

「ああ、まったくだ。親切な男と同室になれた俺は幸せ者だな」

「そうとんがるなよ」

「お前がそうさせているんだろう」

ディックは思っていたほど悪い男ではないのかもしれない。だが性格はあまりよくない。それだけは確かだ。

「俺の愛想が悪いのは生まれつきでね」

「わかってるなら少しは直せ。……ディック。絶対に俺に変な色目は使うなよ」

「使わない。お前は俺のタイプじゃないからな。まだマシュー坊やを口説くほうが楽しい」

そういう言い方をされると、喜んでいいのか憤慨していいのかわからない。ユウトは憮然とした顔で、ちらりとディックに視線を投げた。

「なんだ、その目は。もしかして疑っているのか？　なんなら、神にかけて誓おうか」

「お前はクリスチャンだったのか」

「いや。無神論者だ」

「……この野郎」

打ち解けてみるとディックは意外と面白い男だった。けれどやはり摑み所がなくて、今ひとつどういう人間なのかよくわからない。もっと腹を割ってつき合うようになれば、ディックのことが理解できるようになるのだろうか。

けれどディックには根っこの部分で、他人を拒んでいるようなオーラがある。ここにいる男たちは多かれ少なかれ誰もがそうかもしれないが、ディックの場合は厭世《えんせい》的な部分をあからさまに押し出して壁をつくっているのとも違うし、偏屈に人との接触を嫌う囚人特有の意固地さとも違う。近づいてくる相手を懐の中に入れることはしても、その分、自分はさり気なく一歩引き下がってしまうので、結局は距離は縮まらないような感じがするのだ。

冷たい瞳を持ったハンサムな同室者は謎に満ちていて、ユウトにとってコルブスとはまた違った意味で気にかかる厄介な存在だった。

5

「本当におめでとう。やったじゃないか。きっとネイサンも喜ぶよ」

ユウトは親しみのある笑顔を浮かべて、ボブ・ウィラーの痩《や》せた肩を叩《たた》いた。

「ありがとう、ユウト。やっと仮釈放の許可が下りたのは、ネイサンのアドバイスのおかげだ。彼によろしく言っといてくれ」

ウィラーは嬉しそうに胸ポケットから一枚の写真を取り出し、ユウトに見せてきた。そこにはウィラーの太った妻とやんちゃそうなふたりの息子が写っていた。もう何度も見せられているので、街で見かけたら「やあ、元気かい？」とうっかり声をかけてしまいそうだ。

「こっちがジェシーでこっちがスティーブンだ」

「ああ。奥さんはアンナだろ？」

「そう、アンナだ。やっと家族のもとに帰れるよ。早く女房の手料理が食べたいな」

「もうじきだ。じゃあ、俺はこれで。書類のほうは、ネイサンにちゃんと渡しておくから」

「頼むよ、ユウト。ネイサンには、またあらためて挨拶《あいさつ》しに行く」

ユウトは微笑《ほほえ》んでウィラーの監房を出たが、張り出し廊下に踏み出した途端、自然と顔が険しくなり、重い吐息が漏れた。

ボブ・ウィラーもコルブスではない。彼はどこにでもいる平凡な男だ。家族のために身を粉にして働いていたのに、突然勤めていた自動車部品工場から解雇を言い渡された。クビにしないでくれと工場長に頼みに行ったが、手ひどくあしらわれ、カッとなってそばにあったスパナレンチで殴ってしまい、死亡させてしまった。罪を犯したのは確かだが、悪人ではない。

対象者リストに名を連ねるボブ・ウィラーが、仮釈放審査委員会の審議を受けるから、上手《うま》く受け答えができるようアドバイスして欲しいとネイサンのところに相談にやって来たので、ユウトはネイサンの助手という立場を利用し、再三ウィラーとの接触を図った。最初から可能性は低いと思っていたが、やはり無駄な徒労に終わってしまったようだ。

コルブス探しは大きな進展もないまま時間だけが過ぎていく。ユウトは焦燥感を抱えつつも、地道に対象者を調査し続けていた。あの手この手で対象者にそれとなく接触して、どうにか正体を見破ろうとするが、少し話しただけで相手がどういう男なのか判断するのは難しい。ドラッグディーラーならある程度観察すればユウトの嗅覚に引っかかるはずだが、相手がテロリストのリーダーとなると、そう簡単に見抜けるものではなかった。大体、コルブスは仲間にさえ素性を明かしていない狡猾《こうかつ》な男だし、そもそも彼がどういう主義主張でテロ活動を扇動しているのかさえわからないときているのだ。

それでも対象者を絞っていかないことには埒《らち》があかない。ユウトは自分の勘だけを頼りに、ひとり、またひとりと対象者をふるいにかけていった。十二名いた調査対象者は、残すところあと五名になった。その中にヘンリー・ゲーレンも含まれている。彼が最有力候補だという気持ちは強まる一方だった。

変に思われてもゲーレンの背中に火傷の跡がないかを、トーニャに直接聞くしかないと思っていたが、彼女のまわりには大抵シスターたちが群れているので、なかなかふたりきりになれない。たまにひとりでいても、そういう時は必ずボディガードよろしく、チカーノの屈強な男がそばについているのだ。

どうしたものかと考え込みながら中央棟に向かって歩いていると、向こうからディックとネイサンがやって来た。ふたりはユウトに気づかず、日が落ち始めたグラウンドへと出て行った。ユウトはなんとはなしに、窓からふたりの姿を眺めた。

グラウンドの隅を並んで歩いているディックとネイサンは、どちらも白人だし身長も高くて見映えがいいので、お互いに釣り合っていた。ディックが男前なのは言わずもがなだが、ネイサンも品のある整った顔立ちをしている。粗野な囚人たちに混ざると、そこだけ空気の色が違っているようだ。

ミッキーの言葉通り、ディックとネイサンは本当に仲がいい。友情なのか尊敬なのか知らないが、ディックもネイサンに対してだけは冷たい態度を見せないのだ。それによく観察していると、ディックの視線はいつもネイサンに向けられていることがわかる。露骨に見ているわけではないが、どんな時も意識が彼に集中している気がする。

下世話な想像だが、ユウトはもしかしてと考えずにはいられなかった。ディックはネイサンに気があるのではないか。ディックはゲイだから、あり得ない話ではない。

ディックがネイサンに対して恋愛感情を抱いているのなら、彼のらしからぬ態度も納得がいく。好きな相手の気配には誰しも敏感になるものだ。動けば目で追い、声が聞こえれば聞き耳も立てたくなる。

ふたりはいつものように、バスケットコート脇のベンチの最上段に腰を下ろした。ディックは立てた膝の上に肘をつき、何か喋《しゃべ》っているネイサンの顔をじっと見つめている。遠目にも真剣な瞳をしているのがわかった。

急にユウトの胸にもやもやとした何かが芽生えてきた。不安なような不快なような、わけもなく苛立《いらだ》つ正体のはっきりしない感情だった。

ユウトはそんな自分に戸惑った。別にディックが誰を好きでも、自分には関係のないことじゃないか。気にするほうがどうかしている。

いつまでも見ていてもしょうがないと、ふたりから視線を背けようとした時、視界の隅に別のふたり連れが入った。ユウトの目は今度はそのふたりに釘付《くぎづ》けになった。

ＡＢＬのリーダーのゲーレンと、その愛人のリンジーだった。今日は珍しくＡＢＬの取り巻きを連れていない。接触のチャンスかもしれないと思い、ユウトはグラウンドに飛び出し、ふたりの姿を追った。

ゲーレンはグラウンドの片隅にある用具倉庫に、リンジーと一緒に入っていった。こんなところになんの用があるのか、ユウトは訝《いぶか》しく思った。ボールを取りに行ったとも思えない。

ユウトは扉の前に張りつき、中の様子を窺《うかが》った。甲高い興奮した声が何かを喚《わめ》いている。リンジーの声のようだ。低い怒鳴り声がそれに被《かぶ》さる。一瞬、ふたりがよからぬ行為でも始めたのかと思ったが、どう考えてもそんな甘い雰囲気ではない。

争い合うような大きな物音まで聞こえ、急に心配になってきた。ただの痴話喧嘩《ちわげんか》かもしれないが、ゲーレンは残忍な男だと言い切ったトーニャの言葉が、どうしても気にかかったのだ。

ユウトは決心して、勢いよくドアを開けた。倉庫の中へと足を踏み入れると、奥にいたゲーレンが振り返った。薄暗いので、すぐには暗闇に目が馴染《なじ》まない。けれどリンジーの姿が見えないことだけはわかった。

「……リンジーはどうした？」

「なんの話だ。お前、Aブロックのレニックスだな。ここになんの用があって来た」

ゲーレンは凄《すご》みのある笑みを浮かべてユウトを見た。目には尋常ではない光が浮かんでいる。

「リンジーに用がある。ここに一緒に入っただろう？　どこにいった」

「いやしない。俺は最初からひとりだ」

ゆっくりとゲーレンが近づいてきた。異様な圧倒感に気圧《けお》され、ユウトは一歩後ろに退いた。

「シラを切るな。リンジーはどうした」

ゲーレンの目がさらにギラッと光る。狂人の目だと思った。

「ごちゃごちゃうるさい奴だ」

ゲーレンの太い腕が持ち上がる。攻撃的な気配を感じてユウトが身構えた瞬間、目の前に誰かの背中が滑り込んできた。

「ゲーレン。こいつには手を出すな。俺の同室者だ」

ディックだった。ディックとゲーレンはしばらく無言でにらみ合っていたが、ゲーレンがニヤッと笑い、先に殺気を解いた。

「バーンフォード。そいつのやかましい口は、お前が責任を持って塞《ふさ》いでおけ。わかったな?」

「わかった。約束する」

ゲーレンはにやついた笑いを浮かべながら、悠然と立ち去っていった。

我に返ったユウトはディックを押しのけ、倉庫の奥へと急いだ。ボールが入った大きなカゴの後ろに、青いデニムの色が見えている。

「リンジーっ?」

カゴを押しのけたユウトは、そこに倒れ込んでいたリンジーを見て息を飲んだ。

驚愕《きょうがく》に固まっているユウトの隣を抜け、ディックはリンジーのそばにかがみ込み、首筋に指を当てた。

「……駄目だ。もう死んでいる。首を締められたみたいだな」

ディックは開いたままのリンジーの瞼《まぶた》を指で閉じた。だがすぐに厳しい顔で立ちあがると、ユウトの腕を摑《つか》み外へと引っ張り出した。ドアの前にはネイサンが待っていた。

「ネイサンっ。中でリンジーが死んでいる。ゲーレンが殺したんだ」

「なんだって……?」

「ふたりとも行くぞ。ここにいると面倒なことになる」

ディックがユウトを押して、無理やり歩かせた。

「待てよ、ディック！　リンジーはどうするんだ?」

「死んだ者をどうすることもできない」

なんの感情もなく言われ、ユウトは大きく頭を振った。

「そうじゃない。このまま放っておくのか?　殺人事件なんだぞ」

「俺たちが知らせなくても、じきに誰かが見つけて大騒ぎになる。だから、その前にグラウンドを離れるんだ」

ユウトは我慢できなくなって、ディックの胸を突き飛ばした。

「なんでだよっ。ゲーレンがリンジーを殺したと、正直に看守に報告すればいいじゃないか」

「前にも言ったはずだ。看守にたれ込めば、ここでは生きていけなくなる」

「それがなんだ！　俺の目の前で、人がひとり殺されたんだぞ。喧嘩じゃない。一方的に殺害されたんだ。見て見ぬふりなんて、できるかよっ」

「ユウト、とにかく監房に戻ろう」

興奮するユウトを、ネイサンが静かになだめた。

「でもネイサン……っ」

「ディックの言う通りだ。もし看守にこのことを言えば、今度は君がＡＢＬに殺される」

ネイサンにまでそう言われると、もう言い返す気力も湧いてこなかった。ユウトは後ろ髪引かれる思いで建物に入った。

Ａブロックに戻る途中、ネイサンがユウトに尋ねてきた。

「ユウト。なぜゲーレンの後なんか追いかけて行ったんだ。彼とは知り合いじゃないだろう？」

「それは……」

どう答えようかと困っていると、ディックが口を挟んできた。

「リンジーの様子が変だったから、気になったんだろう？」

ディックの意見はまるで見当違いだったが、ユウトは便乗することにした。

「ああ。怯《おび》えているように見えたから、ゲーレンが何かするんじゃないかと気になって」

ネイサンは軽く溜《た》め息《いき》をつき、「無謀だよ」とユウトを諌《いさ》めた。

「あんな危険な男に関わるんじゃない。命がいくつあっても足りないぞ。……君は意外と好奇心旺盛な男なんだ」

「これからは気をつけるよ」

「そうしてくれ。……監房に急ごう。殺人事件が起きると、ロックインされる」

「ロックイン？」

「監房内拘禁だ。捜査と懲罰のために全囚人が監房内に閉じこめられ、その間は食事も与えられないし、面会や電話もいっさい禁じられてしまう」

三人がAブロックの中に入ったその時、けたたましいサイレンが鳴り響き、緊急事態を知らせる赤ランプが点滅した。

囚人たちが何事かと驚いていると、看守が警棒を振り回し、全員すぐに監房に入れと怒鳴り始めた。もうリンジーの死体が発見されたのだろう。

数分後、監房の扉が閉まった。ユウトはベッドに腰を下ろし、ディックは入り口に立って外の様子を窺っている。

「ディック。さっきはすまなかった」

話しかけたがディックは背を向けたままだ。

「助けてもらったのに、つい興奮して……。突き飛ばしたりして悪かった」

いつものように「いいさ」と言ってくれることを期待していたが、振り向いたディックの顔は氷のように冷ややかだった。

「レニックス。ひとつだけ頼みがある」

抑揚のない声で言われ、ユウトは緊張した。

「二度と余計なことはするな。お前は何をするのも自分の勝手だと言うかもしれないが、そういうわけにはいかないんだ。お前が余計なことをするたび、俺の首まで絞められる。お前のせいで、俺がこれまで築いてきたものが呆気《あっけ》なく崩壊《ほうかい》する。迷惑だ」

ディックは言うことだけ言うと、またユウトに背中を向けた。明確な拒絶を感じさせるディックの態度に、ユウトは言葉を失った。

最初の頃よりふたりの関係は好転していた。気安く話し合えるようになっていたのだ。なのに、これでまた振り出しに戻ってしまった。

ディックに嫌われるのは正直辛かった。気持ちがどん底まで沈んでしまう。

「バーンフォード、出ろ。スペンサー先生がお呼びだ。お前がいないと困るそうだ」

看守部長のガスリーがやって来て、ディックを連れ出した。隣の監房の中から、バリーという囚人が「よう」と声を荒らげた。

「ディックだけ特別扱いかよ。医務室勤めはそんなにお偉いのかっ」

ディックは拳で自分の監房の鉄の扉を叩いた。

「だったらお前が行けよ！　動けない患者の尻を拭いてやれるっていうなら、いつでも交代してやるぞっ」

怒りを剥《む》き出しにしたディックが鋭く言い返すと、バリーはもごもごと言葉をつまらせた。

「お、怒るなよ、ディック。ちょっとした冗談じゃねぇか。ジョークにキレるなんて、あんたらしくないぜ」

ディックが感情を表に出すのは、非常に珍しいことだった。ガスリーとディックがいなくなると、バリーが声を張り上げて話しかけてきた。

「なあ、ユウト。ディックの奴、どうしたんだ？」

「……さあ。虫の居所が悪かったんだろう」

自分が怒らせたのだと、言えるはずもなかった。


リンジー・スコット殺害事件を受けてのロックインは二十四時間にわたり、自由を奪われた囚人たちの不満と苛立ちは、鉄柵《てっさく》を叩く音や怒号となって西棟全体を覆い尽くした。

翌日の夕食時になってやっと拘束は解かれたが、刑務所側と警察の必死の捜査にもかかわらず、犯人は見つからなかった。しかし囚人たちの間では、リンジーの浮気を知ったゲーレンがやったに違いないという噂話《うわさ》がまことしやかに囁《ささや》かれ、おおかたの人間は奴ならやりかねないと素直に納得しているようだった。

ディックはずっと医務室にいて、監房には姿を現さなかった。拘禁が解かれてから再会した時には、もういつもの淡々とした雰囲気のディックに戻っていた。

「おい、ミッキー。うちの坊主を見なかったか」

翌日、みんなで夕食を取っていると、年老いた黒人が近づいてきた。マシューと同室のホーズだ。ホーズは二十年もここで暮らしている古株だが、もうすぐ出所できるらしい。そのせいか最近は口数が多く、ユウトたちにもよく話しかけてくる。

「いや。俺は野暮用があって、午後からはあいつに会ってない。そろそろメシ食いに来るんじゃないか?」

「そうか。あの坊主、夕食前にわしの腰を揉《も》んでくれると言ったのに、戻って来んかった。まったく、近頃の若い奴はすぐに約束を破るから敵わんよ」

ホーズはぶつぶつ文句を言いながら、トレイを手におぼつかない足取りで立ち去っていった。

「へ。じいさん、なんだかんだ言って、マシューのこと気に入ってんだぜ」

ミッキーが笑うと、ネイサンも笑みを浮かべて頷《うなず》いた。

「マシューは素直で明るいから、みんなに可愛がられているね」

「ああ。でも俺の目を盗んで、あいつの尻を狙《ねら》って近づいてくる野郎が後を絶たねぇ。あんまり可愛いツラしてるのも考えもんだぜ。……ユウトはどうだ?」

いきなり話を振られ、フォークでサラダを突いていたユウトは戸惑った。

「何が？」

「髭剃《ひげそ》ってから、色目使ってくる野郎が増えたんじゃないのかって聞いてんだよ」

「そんなの俺の知ったこっちゃない」

ユウトが冷たく答えると、隣に座っていたディックが口元に嫌な笑みを浮かべた。

「髭を剃った途端、また新入り扱いだからな。レニックスが拗《す》ねるのも無理はない」

そんなふうに軽口を叩かれ、ユウトは心底ホッとした。本当にもう怒っていないのだ。

「拗ねてない」

ディックの言葉は癪《しゃく》に障ったが、本当にその通りだったのだ。ユウトは髭を剃ったついでに、伸びっぱなしだった鬱陶《うっとう》しい前髪をきちんと整えるようにした。そのせいで相当印象が変わったらしく、顔見知りの囚人でさえすれ違った時に、隣にいるディックに向かって「新入りか？」と尋ねてくる始末だった。

「ＢＢが、やっぱり俺の目に狂いはなかったって吹聴しているらしいぞ」

「あのクソ野郎……」

ディックの言葉を聞いて、ユウトは眉間《みけん》に深い皺《しわ》を寄せた。

「でもＢＢも今は、ユウトの尻を追っかけまわしてる余裕はないみたいだね」

ネイサンが言うと、ミッキーが訳知り顔で大きく頷いた。

「ああ。ブラック・ソルジャーが、チョーカー派とＢＢ派に別れて内紛傾向にあるそうだからな。何がなんでもロコ・エルマノを叩きたいBBは、チョーカー派の連中を抱き込もうと躍起になってる。BBとしちゃあ、早く問題を片づけて、ユウトを口説きたいところだろうな」

ニヤニヤと笑うミッキーに、ユウトは鋭い目を向けた。ミッキーが言い訳するように、「いや、でもさ」と慌ててつけ足す。

「マジ、雰囲気が変わったよ。髭剃って髪の毛をきれいに整えてると、ユウトって気品のある王子様みたいだよな。案外、日本王室の末裔《まつえい》だったりして」

「日本に王室はない。あるのは皇室だ」

どう違うんだとミッキーが文句を言ったが、説明するのが面倒なのでユウトは無視した。

「……それにしてもマシューは遅いな。いつも食事には一番にやって来るのに」

ネイサンの言葉に、ミッキーも心配げな顔つきになった。

「そうだな。あの食いしん坊がメシ抜きなんて考えられねぇ」

にわかにテーブルに重い空気がたれ込める。ちょっと探してくるか、とミッキーが腰を浮かしかけた時、Aブロックのオズボーンという気のいい囚人が近寄ってきた。

「ミッキー。お前の可愛い相棒、さっきCブロックのベルナルと一緒にいたぞ」

「なんだってっ？　ベルナルと一緒ってどういうことだっ！」

興奮したミッキーに詰め寄られて、オズボーンは「し、知らねぇよ」と後ずさった。

「俺はリネン室に入っていくふたりを見かけただけだ」

クソッと吐き捨て、険しい顔でミッキーが飛び出していく。ネイサンはオズボーンに礼を言い、「俺たちも行こう」とディックとユウトを促した。

走ることは禁止されているので、急ぎ足で食堂を出て、まっすぐにリネン室を目指した。

「ベルナルって誰なんだ」

廊下を小走りに進みながら尋ねると、ディックは難しい表情を浮かべた。

「なかなかのハンサムで愛想もいいチカーノだが、中身は反吐《へど》が出るほど最低の野郎だ。幼い白人の姉弟をレイプした筋金入りのペドフィリアで、その上サディストときている。レイプされた姉弟は、ナイフで局部を切り刻まれていたらしい」

刑務所の中では性犯罪者は嫌われるが、中でも子供を餌食《えじき》にした囚人は一番軽蔑《けいべつ》される。ユウトもそういう人間には虫酸《むしず》が走った。理屈ではない生理的な嫌悪感だ。

「胸くその悪い野郎だ。でもまさか、そのベルナルがマシューを……？」

「可能性は高い。ここにはあいつの好きな子供はいないからな。代用品としてマシューを——」

ディックは想像したくないというように口をつぐんだ。

すぐにリネン室に到着した三人は、わずかに開いていたドアを開け、用心深く中へと忍び込んだ。膨大な量のタオルやシーツが収納されているリネン室に人気《ひとけ》はなく、灯りも消えていて薄暗かった。

「ミッキー、どこだっ？」

ネイサンが声を張り上げる。

「ここだっ、ちくしょうっ」

隣の部屋からミッキーの叫び声が聞こえた。ネイサンが急いでドアを押したが、シーツを梱《こん》包《ぽう》する作業場なのか、積み上げられた大きな麻袋に視界を遮られて何も見えない。

ユウトたちは隙間《すきま》を縫って奥へと回り込んだが、あまりの惨状に絶句するしかなかった。

マシューは意識を失い、力なく床に転がっていた。顔は無惨にも腫《は》れ上がり、シャツは鼻血で赤く染まっている。パッと見ただけでは、それがマシューだとはわからないほどのひどい顔だった。

下肢はすべて脱がされ、肌が剝き出しになっていた。股間にも血が流れ、彼が受けたレイプの凄《すさ》まじさを如実に物語っている。しかし何よりもユウトが許せないと思ったのは、マシューの両腕が抵抗できないよう、背後で縛られていることだった。

「ちくしょう。ベルナルの野郎、ぶっ殺してやる……っ、ああ、マシュー、可哀想に……」

ミッキーが涙声で喚きながら、マシューの手首に絡みついた麻のヒモを必死で解いていた。けれど気が昂ぶっているせいか、なかなか解けない。

「どけ、ミッキー。俺がやる。レニックス、マシューにシーツを被せてやってくれ。ネイサンは看守を呼んできてくれ。それと医務室に運ぶための担架がいる」

ディックが手際よく麻ヒモを解いていく。マシューの手首はすり切れて血が滲《にじ》んでいた。

「おい、マシュー。しっかりしろよ」

ミッキーが声をかけてもマシューはぴくりともしない。ディックは黙々と怪我《けが》の具合を確かめていたが、肩に触れた時にマシューが呻《うめ》き声を上げたので、眉《まゆ》をひそめた。

「……肩が脱臼しているな。そこのテーブルにマシューを俯《うつぶ》せに寝かせるから、手伝ってくれ」

三人で慎重にマシューを運ぶと、ディックは脱臼したほうの腕だけを、テーブルの端からだらりと落とした。その腕を持ち上げ、自然の重みで十回ほど落下させる。最後に肩を探り、「もう大丈夫だろう」と頷いた。

脱臼の整合法なんてよく知ってるものだとユウトは感心した。医務室で覚えたのだろうか。

「マシュー、もう少し我慢しろよ。すぐに医務室に行けるからな」

ミッキーの言葉にマシューはうっすらと目を開けた。何か言いたげに唇を震わせたが、ろくに声も出せないようだった。けれどミッキーがベルナルにやられたのかと聞くと、顔を歪《ゆが》めてはっきりと頷いた。

しばらくすると担架を抱えた看守ふたりが、ネイサンと一緒に飛び込んできた。ひとりは囚人に対して比較的、穏和な態度を示す看守部長のガスリーだった。

ガスリーは「なんてこった」と首を振り、ユウトに顔を向けた。

「誰がやった？　犯人を見たのか？」

「俺たちがマシューを探してここに入った時には、もう誰もいませんでした。でも――」

ベルナルの名前を口にしようとした時、ミッキーに肩を押された。言うなという意味なのに気づき、ユウトは押し黙った。

「ガスリー。早く医務室に運んでくれ。ちゃんと医者に診せてやってくれよ」

ミッキーが訴えるとガスリーは大きく頷いた。

「ああ。まだ医務室にはスペンサー先生がいるはずだ。さあ、担架に載せるぞ」

看守たちがマシューを担架に載せている間に、ユウトたちはシーツの詰まった麻袋を両脇にどけ、通路を確保した。

「俺も医務室に同行させてくれ」

ディックが申し出る。ガスリーは許可を与え、担架の片方をディックに任せた。

「ったく、なんでリネン室に鍵《かぎ》がかかっていなかったんだ。施錠担当者は責任問題だぞ」

全員が外に出ると、ガスリーは怒りながらリネン室のドアを施錠した。

「お前らは監房に戻れ。後で話を聞きに行くかもしれんから、ずっと監房にいろよ。……どけっ、道を空けろ！」

廊下にいた囚人たちが何事かと群がってくる。ガスリーを先頭にして、マシューを載せた担架は廊下の奥へと姿を消した。

「行こう、ミッキー。じきに点呼の時間だ」

マシューの消えた方向をじっと見つめているミッキーに、ネイサンがそっと声をかけた。だがミッキーはなかなかその場から動こうとしない。

「……ベルナルの野郎。絶対に許さねぇ」

ミッキーの口から唸《うな》るような低い声が漏れる。弟分のマシューが、あんなむごい目に遭わされたのだ。腸《はらわた》が煮えくり返るほどの激しい怒りを感じているに違いない。もちろんユウトも悔しいが、マシューのことを一番に気にかけ、そして可愛がっていたのは間違いなくミッキーだ。その悔しい心中は察してあまりある。

かける言葉も見つからないまま、ユウトはミッキーの怒りに強ばる肩を掴んだ。

6

マシューの容態は思った以上に深刻だった。

診察に当たった勤務医のスペンサー医師は、明らかに手術が必要な怪我だと判断し、すぐ刑務所側にマシューを近くの病院に搬送するよう指示を出した。

マシューは肛門の裂傷と全身打撲の他、頬骨《ほおぼね》の陥没骨折、さらには鎖骨と指の骨にもヒビが入っていた。おまけに右眼球にも損傷が見られ、容態が落ち着き次第、精密検査を行うことになったが、おそらく視力の大幅な低下は免れないだろうという話だった。

ディックからそれらの報告を受けると、ミッキーの怒りは一段と深くなった。ユウトはベルナルが犯人であることを、看守に教えるべきではないかと進言したが、ミッキーは頑《かたく》なに首を振るばかりだった。

「マシューは囚人の掟《おきて》に従って、誰にやられたか言ってねぇんだぞ。俺らがチクるわけにはいかねぇ。それに現場を見てないのに、いくら奴の仕業だって訴えても無駄さ。せいぜい、しばらく懲罰房に入れられるくらいのもんだ。それにあいつの刑期は百二十年だ。少しくらい刑期が延びることなんて、屁とも思っちゃいねぇ。……だからマシューの仇は俺が討ってやる」

「よせ、ミッキー。お前に何かあったらマシューだって責任を感じるぞ」

ネイサンに諫《いさ》められても、ミッキーはまったく聞く耳を持たない。

「あの野郎は、マシューが俺の弟分だと知っててレイプしやがった。だからマシューだけじゃなく、これは俺の問題でもあるんだ。頼む、みんなも手伝ってくれ」

ディックとネイサンは顔を見合わせ、一様に諦《あきら》めの吐息を漏らした。ミッキーは完全に復讐《ふくしゅう》心に取り憑《つ》かれている。一矢報いないことには、どうあっても怒りは収まらないのだろう。

ミッキーはすでに作戦を練り上げていた。ベルナルは夕食前は必ずグラウンドの片隅にあるトレーニング場で、ウエイトトレーニングにいそしむ。筋肉自慢の男なので、毎日のベンチプレスは絶対に欠かさないのだ。

「夕食の時間になると囚人たちは、西棟唯一の入り口がある中央ゲートに集まってくる。その混雑を狙ってベルナルに近づき、俺が背後から奴を刺す。ネイサンは俺からナイフを受け取って、ディックに渡すんだ。ディック、ナイフはバスケットコート脇の側溝に捨ててくれ。五センチほど蓋《ふた》が開いているところがある。下がちょうど下水溝に繋《つな》がる傾斜トンネルになっているから、そこにナイフを落とせば発見されない。ユウトは俺の後ろに立って、目隠しの壁をつくってくれ」

ユウトはどうやってグラウンドにナイフを持ち出すのかを尋ねた。

「小さな折りたたみナイフを下着の中に隠す。最近、あそこのチェックを担当している看守は新入りのフェローだ。やっこさん、ちょっと前まで張り切って身体をベタベタ触っていたが、囚人からホモ野郎と文句を言われるもんだから、最近はあんまり念入りなボディチェックはしない。それに中央ゲートの金属探知器はいかれてるから、小さなナイフくらいじゃ反応はしないはずだ。——決行は明日。みんな、頼んだぞ」

血走った目と鬼気迫る真剣な表情は、普段のおちゃらけたミッキーとは別人のようだった。

話し合いが終わると、ユウトとディックは連れ立ってミッキーたちの監房を後にした。

張り出し廊下を歩きながら、ユウトはディックに小声で話しかけた。

「いいのかな。もっと説得して、思い留まらせたほうがいいんじゃないだろうか」

「あれだけ本気になってるミッキーを止めるなんて無理だ。俺たちにできるのは、せいぜいあいつがヘマしないよう祈ることくらいだな。……それより、お前はいいのか？ ミッキーの行動を黙認するってことは、自分の手は汚さなくても、ある意味では同罪だぞ」

自分たちの監房に到着したのでユウトは中に入り、一番奥で立ち止まった。

「俺が心配しているのは自分のことじゃなくて、ミッキーのことだ。俺だってベルナルを許せないと思ってる。法的制裁が無理だというなら、ミッキーの選択を支持するまでだ」

ミッキーの復讐を認めるということは、外の世界で通用する正義ではなく、この塀の中にある正義を支持するということだ。まったく疑問を感じないわけではないが、ここに暮らしている以上、その選択が間違っているとも思えない。

おかしなものだとユウトは思った。少し前までは法を犯す人間を捕まえる側だったはずの自分が、平気で傷害事件の片棒を担ごうとしている。そしてそのことに対し、驚くほど躊躇《ためら》いはない。ここが法律も人権も存在しない、弱肉強食のジャングルのような場所なのだと、頭ではなく肌で感じ取れるようになったからだろうか。

もし自分がＤＥＡの捜査官だったことを明かせば、ディックはなんと言うだろう。ユウトはそんなことを考えながら、ベッドに腰を下ろした。一瞬、打ち明けたい誘惑に駆られたが、寸前のところで踏み止まった。所長のコーニングから釘を刺されるまでもなく、それは絶対に秘密にしておくべき事柄だ。

ディックも並んで腰かけてきた。

「……レニックス。リンジーの一件では言いすぎた。すまなかった」

ディックに謝られ、ユウトは首を振った。

「いいよ。お前に迷惑をかけたんだから。俺のせいでゲーレンに借りができた」

「あいつへの借りなんてなんでもない。あれはただの八つ当たりだった。悪かったな」

そんなディックの言葉に、ユウトは何か腑に落ちないものを感じた。ゲーレンへの借りがたいしたことではないと言うのなら、ディックはどうしてあんなにも苛立ったのだろう。ユウトのせいで築いてきたものが呆気なく崩壊する。そんなことも言っていたが、どういう意味だったのか。

ディックの横顔を探るようにじっと見つめると、「なんだ?」と訝しそうに聞かれた。

「いや、別に。お前の眼はきれいな青だな。それに金髪も見事だ。北欧の血が入ってるのかな」

誤魔化すように、前から感じていたことを口にする。

「さあな。でも、これでおつむの出来が優秀なら、精子バンクに高く精子を売ることができるのに、残念だよ」

ユウトはディックのジョークに笑いを浮かべた。白人、金髪、碧眼、高身長、高学歴の若い男の精子は、高額で取引されると聞いたことがある。

「俺にはお前の黒髪と黒い眼のほうが美しく見える。髪は絹のように艶《つや》やかだし、漆黒の瞳は神秘的で、見ていると吸い込まれそうだ」

不意に愛撫《あいぶ》するような手つきで髪を撫《な》でられ、ユウトはヒクッと息を詰まらせた。

「ディック、なんのつもりだ?」

「それにお前の肌は、まるで象牙のようになめらかだ。……触れてもいいか?」

今にもキスせんばかりに顔を近づけ、ディックが骨張った指先で鎖骨のあたりをくすぐる。

「ディック……っ」

我慢できなくなって叫ぶと、ディックは笑いをこらえるように唇の端をクッと歪めた。

「本当にお前は素直な反応を返してくれるよ」

またからかわれたのだと気づき、ユウトはカッとなってディックの腹や肩にパンチを食らわせた。ディックは大袈裟《おおげさ》に呻いて、背中からベッドに倒れ込んだ。

「参った。降参だ」

「今度やったら本気で殴るからな。俺はこう見えても空手の有段者だ」

「へえ、そりゃすごいな。ちょっと手を見せてくれ」

ユウトが右手を差し出すと、ディックはごく自然に手を握った。他愛のない接触なのに、わけもなくドキリとする。

ユウトのそんな内心に気づくはずもないディックは、親指の腹で手の甲を撫で続けた。まるで女性の手に触れるようなソフトな手つきだった。ユウトの胸はあやしく騒ぎ、なぜか頬まで熱くなってくる。

「も、もういいだろう」

さり気なく手を引っ込めると、ディックは「なるほど」と真面目《まじめ》な顔で呟《つぶや》いた。

「本当に拳ダコがあるな。俺にも空手を教えてくれよ。興味がある」

「空手がどういうものかわかっているのか？　ブルース・リーがやってるのとは違うぞ」

アメリカ人は素手で戦う武道を総じて空手と呼ぶことが多いので、空手もカンフーもテコンドーも一緒くたに考える傾向が強い。

ディックは心外そうに片眉を吊《つ》り上げた。

「わかってるさ。空手は日本のオキナワで発祥した武道だ。……お前は日本で暮らしたことはあるのか?」

ディックが寝ころんだままの体勢で尋ねてくる。

「父親の仕事の都合で、小さい時に一年ほど向こうで過ごした。言葉はある程度喋れるから普通の小学校に通ったけど、まったく馴染めなかったな。早くアメリカに帰りたくてしょうがなかったよ。……でも美しい国だった。春になると、あちこちで桜の花が咲き乱れるんだ。満開になったたわわな花も、雪みたいにはらはらと降ってくる白い花びらも、まるで夢みたいにきれいだった。あの光景だけは、今も心に焼きついている」

「桜か」

ディックは頰杖《ほおづえ》をついて、しみじみとした声で呟いた。ユウトにはディック自身も過去の遠い出来事を思い出し、懐かしんでいるように感じられた。

「また日本に行って見ることができるさ。いつかきっと」

ディックの優しい声に慰めを感じ、ユウトは切ない気持ちになった。彼には家族もなく、帰る場所さえないのだ。ひとりきりで生き続ける孤独を想像すると、他人事《ひとごと》ながらもの悲しい気分になってくる。

ディックは遠い目で窓を眺めていた。四角に切り取られた、小さな青い空。一体、何を想って見つめているのだろうか。

触れ合うほどそばにいても、ディックという男は遠い。なぜかわからないが、そう感じる。上手く言えないが、彼の心は蜃気楼《しんきろう》のようだ。そこにあるはずなのに実体はなく、掴もうと伸ばした手は虚《むな》しく空を切る。

冷たいのかと思えば面倒見のいいところもあり、無愛想だと思えば冗談を言って相手をからかう一面もある。熊のような大男の首をへし折る獰猛《どうもう》さと、孤高の縁《ふち》に佇《たたず》む者だけが持つ虚無感。いろんな顔を持つディックの心の中にある何か。その何かが気になってしようがない。ただの興味や関心とは違う、もっと深い部分から発する真摯《しんし》な感情だった。

本当のディックが知りたい。彼の心の奥を覗《のぞ》いてみたい。

それはユウト自身が戸惑いを覚えるほどの、強い情動を伴う不可解な希求だった。

「遅くなった」

ディックが監房に姿を現すと、ミッキーは苛ついた態度で大きな溜め息をついた。

「ディック、頼むぜ。早くグラウンドに出ないともう時間が――」

「すまん、ミッキー。今日の計画は中止にしてくれ。東棟で黒人と白人が乱闘騒ぎを起こして大量の怪我人が出た。医務室がえらいことになってる。俺はすぐに戻ってスペンサーの手伝いをしなきゃならない」

ミッキーは首を振りながら天井を仰ぎ見た。

「おい、そりゃないぜ……。お前が戻らなくても、他に人手はあるだろう?」

「全然足りてない。いいか、ミッキー。ベルナルを襲うのは明日にするんだ。一日くらい延びても、あいつは消えたりしない。わかったな」

ディックはミッキーに釘を刺して、足早に出て行った。ネイサンがユウトの肩を叩く。

「仕方がない。延期にしよう」

「……駄目だ。今日やる。ディックなしでも決行だ」

ネイサンとユウトは考え直すよう説得したが、ミッキーは頑なに拒否し、勢いよくベッドから立ち上がった。

「お前らが嫌だって言うなら、俺はひとりでもやる」

ミッキーの意思は堅く、気持ちを変えることはできなかった。ネイサンとユウトは諦め、あらためて計画を手伝うことに同意した。計画は若干変更となり、ユウトが最初にナイフを受け取り、それをネイサンに渡すことになった。

ミッキーは隠し持ったナイフを発見されることなく、無事に中央ゲートを通過した。三人はグラウンドに出ると、トレーニング場が見える位置まで進み足を止めた。

ネイサンとユウトの間に身を隠し、ミッキーが下着の中からナイフを取り出す。ナイフは刃渡り十センチほどの小振りなタイプだった。ミッキーはそれを黒いハンカチに包み、ポケットに入れ直した。

ベルナルはトレーニングベンチに寝ころび、重そうなバーベルを持ち上げている。たくましくビルドアップされた肉体を見ていると、ユウトはにわかに不安になってきた。

「もしも刺した後に反撃してきたらどうする?」

「素早く離れるから大丈夫だ。それにいきなり背中を刺されて、すぐ立ち向かってこられるわけがねぇ」

実行するミッキーが言いきるなら、ユウトもそれ以上の口出しはできなかった。

五時前になると、グラウンドにいた囚人たちは食堂に向かうため、いっせいに移動し始めた。ベルナルもトレーニングをやめ、脱いでいたシャツを着込んで歩き出す。特に周囲を警戒している素振りは見られなかった。

ユウトたちは少し距離を置いてベルナルの後に続いた。中央ゲートの入り口付近は混雑しているので、自然と人の流れが止まる。

「よし、行くぞ」

ミッキーが囁いた。三人は人ごみを縫ってベルナルに近づいた。ミッキーがポケットからナイフを取り出した。見ているユウトの緊張も一段と高まる。ユウトは周囲からの視線を遮るように、ぴったりとミッキーの背後についた。

気合いを入れるように、ミッキーは息を深く吸い込んだ。そして間髪入れずに身体ごとぶつかっていき、渾身《こんしん》の力でベルナルの背中にナイフを突き立てた。

「うお……っ」

ベルナルが叫び声を上げた。ミッキーが引き抜いたナイフを黒いハンカチで包み、素早くユウトに手渡してくる。ユウトは素知らぬ顔で数歩退き、後ろにいたネイサンの手にナイフを押しつけた。ナイフを受け取ったネイサンはあっという間に姿を消した。

予定では看守に気づかれないうちに、ミッキーは急いで中央ゲートを突破するはずだった。ところが腰を深々と刺されたというのに、ベルナルの反応は驚くほど素早かった。まるで攻撃されて余計に俊敏になった闘牛のように、立ち去ろうとしたミッキーのシャツを掴み、勢いのままに地面に押し倒したのだ。ユウトの懸念していた通りのハプニングが起こってしまった。

「この野郎……っ」

背中から大量の血を流しながらも、ベルナルは怒りを剥き出しにしてミッキーの首を締め上げた。ミッキーも負けじとベルナルをにらみつける。

「ざまあみやがれっ、この変態野郎！　マシューの仇だ！」

だがベルナルの太い指が食い込むほど、次第にミッキーの顔は赤黒く腫れ上がっていく。周囲の囚人も騒ぎ始めた。このままでは、すぐに看守に気づかれてしまう。

焦ったユウトは手加減なしでベルナルの頭を蹴り飛ばした。不意をつかれたベルナルが呻いて倒れる。その隙にユウトは咳《せ》き込むミッキーを抱え起こした。

「貴様……」

ベルナルが頭を振って立ち上がった。

「てめぇもあのガキの仲間か。そんなに俺の相手をして欲しいなら、お望み通り犯ってやろうか？　あのガキみたいに涙と鼻水垂れ流して、ヒーヒー泣き喚けばいい」

その時、警告を告げるライフルの銃声が、グラウンド中に鳴り響いた。ガンタワーの看守が騒動に気づいたのだ。囚人たちが慌てふためき、いっせいにバタバタと地面にひれ伏していく。

だがベルナルは凄まじい形相でユウトを見つめたまま、微動だにしない。対峙《たいじ》するユウトも立ったままベルナルの視線を受けとめた。

「なかなかそそられる泣き声だったぜ。ただ突っ込むだけじゃつまらないから、途中からモップの柄で犯してやった。お前も同じ目に遭わされたいか？」

ユウトは瞬間的にベルナルに殺意を抱いた。この男はゲスだ。社会の吹き溜まりである刑務所の中でさえ、生きている価値はない。

激昂とは違う身体が冷えていくような静かな怒りが、ユウトの全身を満たしていく。

「何突っ立ってるんだ。来ないなら、俺から行くぞっ」

ベルナルが突進してきた。ユウトは慌てもせず俊敏に身をかわし、すれ違い様に背後から腕刀でベルナルの頸部《けいぶ》を打ち据えた。急所を捕らえられたベルナルの動きが止まる。けれどユウトは攻撃を止めず、足刀でベルナルのこめかみを鋭く蹴《け》り上げた。止めの一発を受け、ベルナルは糸の切れた操り人形のようにガクリと膝を折り、頭から地面に倒れ落ちた。

けたたましいホイッスルの音を響かせ、数人の看守が駆け寄ってくる。ユウトは抵抗する素振りを見せなかったのに、乱暴に取り押さえられ、警棒で何度も殴られた。

「ユウト・レニックス！　銃声が聞こえただろうっ。なぜ伏せの体勢を取らなかった」

「……そいつが俺に向かってきた。正当防衛だ」

地面に顔を押しつけられながら、ユウトは答えた。ひとりの看守が忌々しそうにユウトの脇腹を蹴り飛ばす。

「生意気な口を利くなっ。おい、レニックスを取調室に連れて行け。ベルナルは医務室だ。こいつ、泡を吹いてるぞ」

ユウトが足錠と手錠をはめられていると、青ざめたミッキーがフラフラと近づいてきた。ユウトは目で強くミッキーを押し止め、安心させるように頷いた。ミッキーは悲嘆した顔で何度も首を振った。

ふたりとも捕まる必要はない。仮にベルナルが刺したのはミッキーだと証言しても、ナイフが見つからなければ証拠不十分で、ミッキーは罰せられないはずだ。

「全員、すぐに食堂へ行け！　のろのろしてると食いっぱぐれるぞ！」

囚人を追い立てる看守のヒステリックな叫び声を背に、ユウトは現行犯逮捕された凶悪犯のように手足を繋がれながら、ひとり中央棟へと連行された。

看守の取り調べは執拗《しつよう》だったが、ユウトは一貫して同じ主張を繰り返した。中央ゲートに向かって歩いていると、前にいたベルナルがいきなり叫び声を上げた。何事かと思い近づいたら、いきなり錯乱したベルナルが襲ってきた。自分はあくまでも自衛のために対抗したまでで、決して悪意からの行動ではない。ましてや、ナイフで彼を刺したなんて、とんでもない言いがかりだ――。

いくら脅しても淡々と同じ言葉だけを答えるユウトに、看守たちはうんざりした様子だった。

「レニックス。今回のことは、マシュー・ケインがレイプされた事件と関連があるんじゃないのか？　刺したのがお前じゃないなら、犯人はミケーレ・ロニーニだ。お前たちはマシューとつるんでいたからな。……素直に吐けば、すぐにAブロックに戻してやる。お前はずっと模範囚だったのに、こんなことで刑期を増やしたくはないだろう？」

一瞬、心が揺れた。ユウトの動揺を見抜き、看守がたたみ掛けるように言い募る。

「正直に言うんだ。ロニーニが刺したんだな？　お前が密告したなんて、誰にも言いやしない」

ユウトは喉元まで出かかった肯定の言葉を、必死で飲み込んだ。自分を信頼しているミッキーを裏切るわけにはいかない。

「誰が刺したのか、俺にはわかりません」

「そうか。あくまでシラを切るというなら、お前を懲罰房に収容するだけだ。規定通り刑期も延びる。覚悟しろ」

取り調べが終わると、ユウトはそのまま懲罰房に収容された。新入りのお出ましだというのに、先住者たちはユウトにたいした関心も見せず、狭く暗い独房の中からどんよりとした眼差しを向けてくるだけだった。

すえたカビの臭い。排泄臭《はいせつ》。体臭。食べ物が腐ったような臭い。交ざり合ったそれらが凄まじい汚臭となって建物全体にこびりついている。こんなところに長い間、閉じこめられていれば、どれだけ健康な若者でも根こそぎ気力をもぎ取られてしまうだろうとユウトは思った。

扉に背中をつけろと命令され指示通りに近づくと、鉄格子越しに足錠と手錠を外された。何度はめられても、この拘束具には慣れることができない。冷たい感触と金属の擦れ合う耳障りな音を聞くたび、自分が人間以下の生物になったような気がする。

「しばらくここで頭を冷やせ。何か白状する気になったら聞いてやる」

看守が立ち去ると、ユウトは独房の中に目を向けた。ざっと見て横幅一・三メートル、奥行き二・五メートル。一番奥にはこの部屋の主役だとでも言うように、剝き出しの黄ばんだ便器が設置されている。他はベッドさえもなく、畳んだ毛布が床に置かれているだけだった。

毛布にくるまり、犬のように丸くなって眠っていたユウトは、通路のほうから聞こえてくる物音で目が覚めた。朝食の時間らしく、独房の前を配膳ワゴンがガラガラと通り過ぎていく。

ユウトは毛布の中でブルッと身震いした。寒さのため身体中の筋肉は強《こわ》ばり、関節は軋《きし》んでいる。このあたりは年間を通じてそれほど寒暖の差がなく日中は過ごしやすいが、この時期でも朝晩はかなり冷え込む。冷たい床に横たわり、毛布一枚で眠るのはたまらなく苦痛だった。

しかし、どちらかというと身体よりも、精神面のほうが参っていた。寒さは気持ちを惨めにする。それに認めたくはないが後悔もあった。ミッキーを庇《かば》ったことはともかくとして、ベルナルと喧嘩したことは早計だった。こんなところに閉じこめられると、捜査ができなくなってしまう。

コルブスを見つけて、必ずここから出てやると本気で思っているユウトだが、必ずしも実現するとは限らない。その時のことを考えて、本来ならグッドタイムや仮釈放の恩恵に与《あず》かれるよう、問題など起こさず真面目に暮らしておく必要があった。なのにカッとなって短気を起こしてしまった。

ミスを起こしたという後悔。逆に当然のことをしたのだという自己を正当化する気持ち。犯罪者でもないのに、じわじわと刑務所の空気に染まっていく自分への恐れ。ここにいる限り仕方ないのだという諦念《ていねん》。相反する感情が次々と胸に去来し、寒さと共に夜中ユウトを苦しめた。

配膳ワゴンがユウトの独房前で止まった。扉の下にはスライド式の小さな入り口がついている。看守が鍵を開けると、係の囚人がそこから食事の載ったトレイを差し込んできた。その囚人には見覚えがあった。Aブロックのパクという韓国人だ。

パクはユウトにちらっと目配せして、次に皿の上に視線を落とした。ユウトは小さく頷いてトレイを受け取った。配膳ワゴンと一緒に看守が消えると、ユウトはすぐに食事の中身を検分した。萎びたパンケーキの下に、折りたたまれた小さな紙切れがあった。

『読んだら破いてトイレに捨ててくれ。ひとり暮らしも、たまにはいいもんだろう? しばらくは無愛想な同室者の嫌な顔を見なくてすむし、特別休暇だと思ってのんびりやれ。お前の帰りを待ってる。――D』

小さな文字で書き連ねられたメッセージ。ディックだった。他愛のない文面だが、暗くなっていたユウトの心を明るくするのには十分なものだった。

お前の帰りを待ってる――。ユウトはその部分を何度も何度も読み直した。その言葉に不思議なほど強く励まされた。ずっと持っていたかったが、看守に見つかれば面倒なことになる。ユウトはディックの指示通り手紙を小さく破き、惜しみながらトイレに流した。

食事が終わり顔を洗ってしまうと、途端にすることがなくなった。手も届かないほどの高さにある、明かり取りの小さな窓。外の景色を眺めることすら叶《かな》わない。何もすることがないという状況は、想像していた以上に苦痛だった。せめて新聞でも読むことができれば、と願わずにはいられなかった。

ユウトが壁にもたれてぼんやりしていると、誰かが壁をノックした。ノックは二度続いた。

右隣にいる囚人が何か伝えようとしているのだと思い、ユウトは入り口のそばまで移動した。

鉄格子に顔を押しつけるようにして、「なんだ」と小声で話しかけてみる。隣の独房の前を通った時、中にいる囚人は毛布にくるまって眠っていたので、まったく顔を見ていなかった。

「調子はどうだ。新入り」

落ち着きのある低い声だった。若いのか年配なのかよくわからないが、スペインなまりの発音に、相手がラティーノであることだけは理解できた。

「まあまあだよ。そっちは？」

「悪くないな。お前、Aブロックの日系人だろう？　ベルナルをのしたそうだな」

相手がもしチカーノなら、仲間に手をかけたことを快く思っていないかもしれない。ユウトは幾分警戒しながら言葉を返した。

「だったらどうなんだ」

「あんな大男を倒すなんて、たいしたもんだ。お前のすごい蹴りとやらを、俺もぜひ見たかったよ」

含みのない笑い声を聞いて少し安心した。だがこんな独房の中にいて、どうやってそれらの事実を知ったのだろうか。疑問に思ってユウトが質問すると、男は配膳係の囚人が一日三回、最新のニュースペーパーを届けてくれるんだと嘯《うそぶ》いた。

男はチカーノで、ネトと名乗った。驚いたことに、懲罰房にもう一か月も入っているという。

暇を持てあましているのか、ネトはことあるごとにユウトに話しかけてきた。ネトの話は面白く、内容によっては哲学的な印象を受けることもあった。四人同士の会話は禁止されているが、看守は一時間に一度、見回りに来るだけだ。ユウトは飽きることなく、彼の深みのある低い声に耳を傾け続けた。

三日目の昼食後、退屈しのぎに腕立て伏せをしていると、ネトの鼻歌がかすかに聞こえてきた。聞き覚えのある懐かしいメロディーにつられ、ユウトは壁を二回ノックした。いつしかふたりの間で、二回のノックが「話をしよう」という合図になっていた。

「ネト。機嫌がいいな。今歌っていたのは『ラ・ゴロンドリーナ』だろう?」

顔を寄せて聞くと、「そうだ」という言葉が返ってきた。『ラ・ゴロンドリーナ』はメキシコの有名な民謡だ。義母のレティもたまに口ずさんでいた。

「今日は五月五日だから、お祝いしてるんだ」

「ああ、今日はもう五日なのか。シンコ・デ・マヨだな」

シンコ・デ・マヨは正式にはプエブラ戦勝記念日というメキシコの祝日だ。なぜか本国メキシコよりも、アメリカで盛大に祝われている。ユウトも実家にいた時は、レティの気合いの入った手料理を楽しんだり、パコと連れ立ってパーティーに出かけたりしたものだ。

「モーレのたっぷりかかったチキンが食べたいな」

レティの料理を懐かしく思い出しながらユウトは呟いた。

「メキシコ料理が好きなのか?」

「ああ。義母がチカーノだから、俺にとってのお袋の味はメキシコ料理だよ」

ネトが驚きを含んだ声で「そうなのか」と囁いた。

「もしかしてスペイン語が話せるのか?」

「話せるよ。スパングリッシュもお手のものだ」

ネトがスペイン語で会話しようと持ちかけてきた。

「オラレー、アミーゴ」

笑ってユウトが応じると、ネトは早速、母国語で話しかけてきた。

「ユウト。『ラ・ゴロンドリーナ』がどういう歌か知ってるか?」

ゴロンドリーナとは燕《つばめ》のことだ。飛び立っていく自由な燕の行く末を優しく案じながら、祖国に戻れない自分の身を嘆くもの悲しい内容の歌だが、美しいメロディーはとても優しく響き、悲劇的な暗さは感じられない。

「燕は季節労働者を意味していると聞いたことがあるけど」

「ああ。でも本当は革命で捕らわれた男の、自由を求める歌なんだ。囚人が歌うのに相応《ふさわ》しいだろう? 燕は自由の象徴だ。何にも捕らわれず、どこまでも好きなところへ飛んでいける」

確かに言われてみれば、そういうふうにも解釈できる。

「ムショの中にいても、俺は自由な気持ちでシンコ・デ・マヨを祝う。プエブラの戦争で倍の兵力があったフランス軍を倒した、小さなメキシコ軍の誇りを称えて。こんな狭い独房に閉じこめられていても、心までは誰にも拘束できない。そうだろう?」

ネトの言葉の端々から、自分がメキシコ人であることを誇る気持ちが、ひしひしと伝わってくる。それは裏を返せば、諸々の社会的抑圧を撥ね返そうとする、強い意志の表れなのかもしれなかった。

アメリカ最大のマイノリティであっても、メキシコ人を差別するアメリカ人は多い。この国で不法移民と言えばメキシコ人を意味するほどだ。しかし米国南西部の多くの土地はもともとメキシコのものだった。エル・パソ、ロサンゼルス、サンフランシスコ、みんなスペイン語の地名だ。彼らが国境を越えてぞくぞくと移民してくる背景には、戦争によってアメリカに不当に奪われた故郷を取り戻すような、国土回復運動的な側面がないとも言い切れない。

「ネトの刑期は何年なんだ」

「ちょっとした傷害事件を起こして三年だ」

「そうか。……なあ、ネト。知ってるか? メキシコ人の自殺率は世界一低いんだ」

ユウトの言葉に、ネトがかすかに笑った。

「そりゃあいい。陽気で不屈の精神を持ったメヒカーノに、自殺なんて似合わないからな。日本人はどうなんだ?」

「かなり高い。自殺率はアメリカの倍だ。けれど殺人率はアメリカの十分の一」

「日本人は心優しき悲観主義者なのか?」

「というより弱いんだろう。俺はアメリカ生まれのアメリカ育ちだから、よくわからないけど」

「俺も同じだが、メキシコ人のことはよくわかるぞ」

即答されユウトは苦笑した。移民とはいえ、生まれた時から多くの同胞に囲まれ、ごく普通に自国の文化に接しながら育ったネトには、自分のような人間の気持ちは理解できないだろう。

ユウトには人種や民族としてのアイデンティティが欠落している。日本人だと言われてもピンと来ないし、アメリカ人だと言われてもそれは国籍上の呼び方だとしか思えない。多重の属性を持ちながら、どこにも分類されない、そういう居心地の悪さを常に感じ続けてきた。

「俺にとって日本という国はとても遠い。距離だけの問題じゃなく、気持ちの意味でも……。むしろメキシコのほうが親近感が湧くよ。小さい頃は、何度も母や兄と同じチカーノになりたいと思ったくらいだ」

「なればいいじゃないか」

ネトがこともなげに答えた。

「お前は今日から黄色いチカーノだ」

ジョークとわかっていたが、ネトにお前は俺たちの仲間だと言ってもらえたような気がして、ユウトの心は少しだけ和んだ。

「……ネト。ムチャス・グラシアス」

ユウトが礼を言うと、ネトは少し気取った声で「デ・ナダ（どういたしまして）」と答えた。

誰とも接しないまま、こんなところに閉じこめられていたら、精神的におかしくなってしまうところだったが、ネトが隣にいたおかげで随分と気が紛れている。思わぬ場所でいい友人ができた。

ユウトは冷たい壁に背を預けながら、この偶然の出会いに心から感謝した。


懲罰房に入れられて一週間が過ぎた。一体、いつになったら出られるのだろうか。コルブスの捜索どころではない状況に、ユウトの精神状態は日を追うごとに追いつめられていった。

苛立ちのあまり、ユウトが壁に向かって拳をぶつけていると、ネトのノックが聞こえた。いつもの位置に腰を下ろすと、ネトが慰めるように話しかけてきた。

「気を鎮めろ、ユウト。苛々しても何も変わらん。お前はそろそろ出られるはずだ」

「どうしてわかる?」

「ただの喧嘩なら長くて一週間だ。それにベルナルはもう医務室を出ている」

その事実を聞き、ユウトはにわかに不安になった。ベルナルはミッキーに仕返しを企てたりはしないだろうか。

「ベルナルは執念深い男か？」

「ああ。ヘビみたいにな。……もしかしてミッキーという男のことでも心配しているのか。あいつがベルナルを刺したんだろう？」

ユウトは驚愕のあまり、見えないとわかっているのに、ネトの声がするほうを凝視した。

「あんたの情報収集能力はたいしたもんだ。なんでもお見通しなのか？」

「そうだな。お前があのディックと同室なこと、入所当日、BBのクソに口説かれたってこと、後はシスターたちに髭を剃られたってことも知ってるぞ」

「……参ったな。なんでそんなことまで」

「ユウト。ベルナルのことなら心配するな。あいつはお前やお前の仲間には手を出さない」

妙にきっぱりと言い切るネトを不審に思い、ユウトはどういうことなのか尋ねた。何か明確な根拠があって言っているとしか思えない。

「あいつが医務室に送られてすぐ、ロコ・エルマノの幹部が直々に出向いて、釘を刺したからだ。それと今回の事件について看守に何かたれ込めば、ロコ・エルマノがお前を狙うとも脅した。あいつには俺たちに逆らえるほどの根性はない」

ユウトは迂闊《うかつ》にもその時になって、やっと気づいた。毎日顔を寄せ合って、いろんなことを語り明かした気のいいチカーノが誰なのか。その正体がなんなのか。

「……あんたがリベラなのか？　ロコ・エルマノのボスの」

「ああ。俺はエルネスト・リベラだ」

ネトはユウトが拍子抜けするほどあっさりと自分の正体を認めた。まさかネトがロコ・エルマノのカリスマ的リーダー、E・リベラだったとは——。

「どうしてずっと隠していたんだ」

「隠す？　俺は別に隠していたつもりはないぞ。お前が聞かなかっただけだろう」

「だけど……。いや、そうだな。あんたの言う通りだ」

ネトはエルネストの愛称だ。ユウトがただ気づかなかっただけで、彼は最初から自分の名を名乗っていた。それに相手が敵対関係にある黒人ならともかく、ユウトにリベラであることを隠す必要性などまったくない。

「でもどうして？　ベルナルは同じチカーノなのに」

「あいつがお前たちの仲間をレイプしたことは知っている。報復されて当然だ。あいつはチカーノの面汚しだよ」

嫌悪感を滲ませた声でネトが吐き捨てた。

「そうか。……ところで、あんたはいつ出られるんだ？」

「わからん。最初は十日ほどの予定だったのに、ずるずると延びているんだ。ブラック・ソルジャーの内紛が落ち着かないことには、看守どもも怖くて俺を迂闊に出せないんだろう」

ネトはあくまでも冷静だった。自分が暴動の起爆剤になりかねない危うい存在であることも、しっかりと自覚しているのだ。いつ終わるともわからない幽閉生活を送りながらも、安易に怒りや苛立ちに捕らわれたりしない。ロコ・エルマノの指導者は、人並み外れた強靭《きょうじん》な精神力を持つタフな男だった。

「もしブラック・ソルジャーが仕掛けてきたら戦うのか?」

「降りかかる火の粉は払うしかない。もちろん、できる限り抗争は避けるつもりだがな」

ふと、ユウトの頭にヘンリー・ゲーレンの顔が浮かんだ。ロコ・エルマノのリーダーであるネトなら、敵対グループのトップのことをよく知っているかもしれない。

「ABLのほうは大丈夫なのか」

「あいつらは狡猾だ。チカーノと黒人が争って、どちらも自滅すればいいと思っている。茶色と黒の戦争を高みから見物して、残ったほうを叩くつもりなんだろう」

「ゲーレンはどういうタイプのリーダーだ?」

「頭は切れるが、何を考えているのかよくわからない男だ。秘密主義者で幹部の連中にもあまり本心を漏らさないと聞く。一時期、あいつとつき合っていたトーニャでさえ、ゲーレンのことは理解できないと言っていたくらいだ」

いきなりトーニャの名前が出てきて、ユウトはふたりが恋人同士であることを思い出した。

「そうだ。礼を言うのが遅くなった。トーニャを助けてくれてありがとう」

なんのことかと思えば、ネトはトーニャがギブリーに襲われそうになった時のことを言っていたのだ。そんなことまで耳に入っていたのかと、呆《あき》れてしまった。

「たいしたことじゃない。気の弱い男だったから、看守が見てると脅しただけで震え上がっていた」

「それでも凶器を持った相手をなだめるのは勇気がいることだ。お前が止めてくれなかったら、トーニャは怪我をしていたかもしれない。本当に感謝する」

「何度も礼を言われると身の置き所がなくなるよ。……ネト、トーニャに会いたいだろう」

「ああ。あいつは俺のたったひとりの弟だからな」

ユウトは「なんだって」と鉄格子に耳を寄せた。

「今、弟と言ったのか？　あんたと彼女は恋人同士だと聞いてるぞ」

「トーニャが頼むから、まわりにそう思わせているだけだ。俺が十七の時に両親が離婚して、俺たちはバラバラになった。今では名字も違うが刑務所の中で再会して、また一緒に暮らせるようになるなんて、おかしな話だよな。……けど、あいつは自分を恥じている。自分のような人間が俺の身内だと、誰にも知られたくないんだとさ。馬鹿な奴だよ」

ネトの声には憐れむような、それでいて愛《いと》おしむような響きがあった。

ユウトにはトーニャの気持ちがわかる気がした。チカーノたちから崇拝される兄を誇りに思うのと同時に、自分がそんな彼の恥や汚点になることを恐れているのだ。

「それは秘密だったんだろう。俺なんかに話してもよかったのか？」

「信頼できる相手だと思ったから話したまでだ。トーニャはお前を気に入ったそうだが、俺も同じだ。……お前はもう俺の友だ」

ネトの言葉は揺るぎなかった。顔も見ていない相手を信頼できてしまうのは、決して気楽な性格の持ち主だからではない。命さえ狙われる危険な世界で、しぶとく生き延びてきた男だ。己の嗅覚と直感には、絶対的な自信を持っているのだろう。

信頼には信頼を返したい。相手を信じることで応えたい。

ユウトは決意してネトに話しかけた。

「ネト。ゲーレンの背中に火傷《やけど》の跡はないだろうか？」

「火傷？　どうしてだ」

「……俺はある男を探しているんだ。理由は言えないが、どうしても見つけ出さなくちゃいけない。何があっても絶対に。なぜなら、そいつを見つけ出せるかどうかに、俺の人生がかかっているからだ。俺はもしかして、ゲーレンがそうじゃないかと疑っている。もし奴の背中に火傷の跡があれば、その可能性は極めて高くなる」

ネトはフンと鼻を鳴らしてから、「なるほど」と呟いた。

「お前にはお前の事情があるってわけだな。ゲーレンの背中に火傷の跡があるかどうかは知らないが、腰のあたりに銃創が残っているという話なら聞いたことがある」

銃創――。銃で撃たれた時も火傷ができる場合もあるし、口径の大きな銃なら、被弾した部分が大きく裂傷することもあり得る。少し苦しい解釈だが、銃創が火傷の跡のように見えることも考えられるのではないか。

「ここを出たらトーニャに聞いてみるといい。俺からもお前の力になってやれと伝えておく」

「ありがとう、ネト。本当に――」

「しっ」

ネトに注意され、看守の足音が近づいてくることに気づいた。ユウトは鉄格子の前から離れ、素早く独房の奥へと移動した。

やって来た看守はユウトの独房の前で立ち止まると、横柄な態度で言い放った。

「ユウト・レニックス、立ってこっちへ来い。今からお前を一般の監房に戻す」

7

Aブロックに戻ってきたユウトを、一番に出迎えてくれたのはミッキーだった。

「ユウト！　お帰りっ！」

真っ先にシャワー室に行って身体を洗い、さっぱりしてから監房に帰ると、ミッキーが飛び込んできた。感激の面持ちで抱きつかれ、ユウトも同じようにミッキーの背中を抱き返す。

「本当にすまなかったな。俺がミスったばっかりに……。お前に申し訳なくて、ずっと食事も喉を通らなかったぜ。見ろよ、すっかり痩《や》せちまっただろう？」

ユウトはミッキーから身体を離し、その言葉を確かめるように頭から足元まで視線を流した。

「どこがだ？　全然痩せてない。本当に口だけは達者な奴だな」

「お前の目は節穴かよっ」

そう言ってミッキーは嬉しそうに笑い、ユウトの髪をくしゃくしゃにかき乱した。

ミッキーと話をしていると、なぜか囚人たちが代わる代わる現れ、ユウトに言葉をかけてきた。中にはまったく話をしたことがない、初めて会う囚人までいる。

「どういうことだ？」

「みんな仲間の仇を討って懲罰房に送られたお前に、敬意を表しているのさ。それにベルナルを倒した男の顔を見たいんだろう。しばらくお前の話で持ちきりだったからな。惚《ほ》れ惚《ぼ》れするような、すげー蹴《け》りだったよ。お前のこと、実は忍者じゃないかって言ってる奴もいるぞ」

ユウトは思わず苦笑を漏らした。忍者はともかくとして、ベルナルを倒したのは成り行きで、本当ならまったく手を出すつもりはなかったのだ。あまり美談にされても困る。

「俺は横から手を出しただけだ。マシューの仇を討ったのはミッキー、お前だよ」

「けど、お前だけが捕まっちまった。この借りは、いつか必ず返すからな」

義理堅い男は真顔で約束し、そろそろ夕食の時間だから食堂に行こうとユウトを促した。

食堂でもいろんな囚人に声をかけられた。無言でユウトの肩を叩《たた》く者もいれば、笑顔でお帰りと言ってくれる者もいる。ミッキーに「ちょっとした英雄気分だな」と冷やかされ、気恥ずかしくてしょうがなかった。

テーブルについてすぐに、ネイサンとディックが食堂に現れた。

「ユウト！　戻っていたのか」

目を輝かせて近づいてくるネイサンに応えるため、ユウトは椅子から立ち上がった。ネイサンはテーブルにトレイを置き、ユウトを強く抱き締めた。

「元気そうで安心した。いつ帰ってくるんだろうと、みんなヤキモキしていたんだ。そうだよな、ディック？」

ネイサンが同意を求めるように、後ろにいたディックを振り返る。

「ああ。まったくだ」

ディックは短く答え、ユウトに目を向けた。ディックとしっかり視線が合うと、ユウトの胸は喜びで熱くなった。一瞬、ネイサンと同じように抱きつかれるのかと思ったが、予想に反してディックはいたってクールに右手を差し出してきた。いつも通りのディックの素っ気なさに、わずかばかりの落胆を感じてしまう。

握手をすませ、ユウトは腰を下ろした。食べながらネイサンが、懲罰房での暮らしはどうだったと尋ねてくる。

「狭苦しいところに閉じこめられて、気が狂いそうだったよ。一般監房が天国に思えたほどだ。でも隣にいた囚人がとてもいい奴で、看守の目を盗んでずっと壁越しに会話をしていたから、随分と気が紛れたな」

「それはよかったね」

ネイサンが真剣な表情で頷《うなず》いた。

「独房監禁は刑務所内における一番の虐待だよ。悪しき慣習以外の何ものでもない。誰とも接しないで孤独に監禁されていると、病理症候が現れることは精神病理学者だって認めている。だから他人と会話できるだけでも、精神状態はかなり違ってくるはずだ」

ネイサンは憂い顔でさらに続けた。

「この国の刑務所システムは今や最悪の状態だ。矯正施設としては、まったくと言っていいほど機能していない。ただの隔離施設だよ。……ユウト。アメリカの囚人数を知ってるか？」

「いや。見当もつかないな」

「二百二十万人だ。アメリカは世界一の囚人数を誇る刑務所大国なんだよ。三十年前は約六百しかなかった刑務所が、今では約千五百。異常なまでの増加傾向だとは思わないか？」

「それは犯罪が増えているからだろう」

「実はそうでもない。ある法学者の書いた本によると、犯罪件数はさほど増加していないのに、逮捕者を刑務所に放り込む割合だけが増大しているそうだ。加えて、刑の重刑化も進行している。それらを助長しているのが刑務所の民営化だ。民営化が本格化する前の一九八〇年代には八十万人だった囚人が、わずか二十年足らずで二百二十万人にまで増えた」

「……つまり、刑務所ビジネスのために、囚人数がわざと増やされているということか？」

「そういうことだ。囚人は企業にとって利益を生むための原料なんだよ。このシェルガー刑務所だって州立だが、実際に運営を任されているのはアメリカ最大の矯正企業、スミス・バックス・カンパニーだ」

ユウトは興味深く聞いていたが、ミッキーは「よせよ」と口を挟んだ。

「メシ時にややこしい話は聞きたくないぜ。ただでさえ不味《まず》いメシが、もっと不味くなる」

「これは失礼」

ネイサンが笑って肩をすくめた時、食堂内にざわめきが走った。

多くの囚人が食堂の前方に視線を向けている。何事かと思いユウトも目をやると、そこにいたのはロコ・エルマノのメンバーたちだった。彼らは中央にいる、濃い顎髭《あごひげ》を生やした男を守るように歩きながら、周囲へ鋭い視線を放っている。

「リベラだっ」

「やっと戻ってきたぞ！」

ざわめきの中から大声が上がる。騒いでいるのはチカーノの男たちだ。彼らの声はやがて歓声へと変化し、そこに拍手やテーブルを叩く音が加わり、食堂の中は騒然となった。

様子を見守る看守たちは、明らかに対処に迷っている。頭ごなしに騒ぎを抑圧すれば、喜びの興奮が瞬時に怒りへと転化する可能性があることを、彼らはよく知っているのだろう。

だが看守が出て行くまでもなかった。ネトが興奮を鎮めるよう手ぶりで示すと、彼らはリーダーの意志に従い、すぐ大人しくなった。

ユウトの目の前を、仲間たちに囲まれたネトが悠然と通り過ぎていく。ネトはまだ三十代前半くらいの年齢に見えたが、威風堂々とした姿には風格のようなものさえ漂っていた。

屈強そうなたくましい肉体。野性味のある精悍《せいかん》な顔立ち。白いTシャツから覗《のぞ》く、浅黒い腕の左側にはトライバル系の黒いタトゥー、右側にはメキシコの母、聖母グアダルーペが色鮮やかに彫り込まれている。ネトはユウトが思っていた以上に偉丈夫な男だった。

ネトも懲罰房からやっと解放され、自由になったのだ。おめでとうと声をかけたかったが、そこにいるのはユウトのよく知るネトではなく、ロコ・エルマノのみならずチカーノ全体のリーダーでもある、エルネスト・リベラだった。今のユウトには気軽に近寄れない相手だ。またどこかですれ違ったりして、挨拶《あいさつ》くらい交わすこともできるだろう。そう思い、ユウトはネトから視線をはずした。

「リベラがとうとう出てきたんだな。どうりで今日はやけに看守が多いと思った。BBたちを見てみろよ。すげぇ顔でリベラをにらんでる」

ミッキーの言葉通り、食堂の一番奥を陣取る黒人たち、特にブラック・ソルジャーの連中は、剣呑《けんのん》な空気を放ちながら、テーブルについたネトを忌々《いまいま》しそうに眺めている。

「ああ、おっかねぇ。今にも戦争が始まりそうだ。なあディック、チョーカーの具合はどうなんだ？」

「まだベッドの上から手下に自分の言葉を伝えているが、いつ意識不明になってもおかしくない状態だ。去年の十二月頃、スペンサーはもって三か月だと言っていたから、気力だけで踏ん張っているって感じだな」

ネイサンが重い吐息をついて首を振った。

「BBの天下になったら、この刑務所は今以上の嫌なところになるね」

しばらくミッキーとネイサンは黒人とチカーノの関係はどこまで悪化するか、またそれに伴いABLはどう動くのかなど、お互いの意見を交換し合っていた。

ユウトは話を聞きながら、そっと額を押さえた。少し熱があるようだ。そのせいか、さっきからこめかみのあたりがズキズキと脈打っている。頭痛だけではなく全身に倦怠感《けんたいかん》もあり、次第にじっと座っていることさえ苦痛になってきた。

「そろそろ行こう」

長話を続けるふたりにディックが声をかけた。早く監房に戻って横になりたいと思っていたユウトは、ホッとして椅子から立ち上がった。

食堂を出て廊下を歩いていると、背後でスペイン語なまりの声が聞こえた。

「リベラ、長いおつとめだったな。みんな、あんたの帰りを待ってたよ」

振り向くと、ネトがチカーノの囚人たちに囲まれながら、少し後ろのほうを歩いていた。皆、ひとこと言いたくて仕方がないのだろう。ネトは律儀にひとりひとりに頷きを返している。

何気なくその様子を見ていたら、ネトと目が合った。距離にして数メートルほど離れていたが、ふたりの視線がまともにぶつかり合う。ネトは何かを確かめるかのように目をすがめ、そして人ごみを掻《か》き分けて歩き始めた。

「ユウト、どうしたんだ?」

立ち止まったまま動かないユウトに、ミッキーが不審な顔を向ける。だがユウトの目はネトに奪われたままだ。近づいてきたネトが、ユウトの前で立ち止まる。

「――ユウト？　お前がユウトなんだろう」

それは紛れもなく、壁越しにずっと聞いていたネトの声だった。ユウトの顔に自然と笑みがこぼれた。

「ああ。そうだ。よくわかったな、ネト」

ネトは「ハッ」と声を上げ、嬉しそうに破顔した。親密な相手にだけ見せるような、飾りのない魅力的な笑顔だった。

「わかるさ。ひと目でピンときた。会いたかったぞ」

ネトが両腕を広げ、ユウトをギュッと抱き締めた。大きな男なので、胸の中にすっぽりと収まってしまう。

「俺もだよ。……やっと出られたんだな。おめでとう」

「ああ。お前が出てすぐに、俺も一般監房に戻された。どうせなら、一緒に出してくれればよかったのにな。そうしたら、その場でお前と自由になる喜びを分かち合えた」

ネトは抱擁《ほうよう》を解くと、あらためてユウトの顔をまじまじと眺めた。それから何を思ったのか急にユウトの頬に手を当て、親指の腹で細い顎をキュッと撫《な》でた。

「なるほど。トーニャの言った通りだ。お前はムショには似つかわしくないほど、品のある顔立ちをしているな」

ユウトはよしてくれと苦笑して、ネトの手をそっと払いのけた。

「ユウト。また、ゆっくりと話そう。例の件もあるし、いつでも好きな時に俺の部屋に来い」

例の件とは、トーニャからゲーレンの話を聞くことだろう。ネトの気づかいに感謝しながら、ユウトは「わかった」と頷いた。

ネトはそばにいたディックに気づくと、挨拶するように軽く拳を持ち上げた。ディックも無言で自分の拳を掲げ、ネトのそれに軽くぶつける。ユウトにはディックとネトのどちらもが、相手に対して一目置き合っているように見えた。

ロコ・エルマノの集団が立ち去ると、ミッキーが泡を食った顔でユウトに話しかけてきた。

「ユウト、どうなってんだっ。お前、リベラと知り合いだったのか？」

懲罰房でよく話をした隣の囚人がネトだったことを教えると、ミッキーは目を丸くしながらも「そうだったのか」と納得した。

Aブロックに戻り、久しぶりに自分の監房での点呼を終えたユウトは、深い溜《た》め息《いき》をついた。熱のせいで頭がクラクラする。少し休もうと思ったが、ベッドに腰かけた途端、またやって来たミッキーに、娯楽室に行こうと誘われた。

「悪い。俺はやめておくよ」

「なんでだよ。まだ消灯までたっぷり時間がある。つき合えよ」

「ミッキー。レニックスは体調が悪いんだ。休ませてやれ」

ディックがやんわりとミッキーを諫《いさ》めた。気づかれているとは思わなかったので、ユウトは

本気で驚いた。他人のことなど気にしていないように見えて、ディックはいつも目ざとい。

ミッキーがいなくなると、ユウトはベッドに身体を倒した。横になるとホッとしたのか、熱が一段と高くなったように感じられた。

ディックはベッドの端に腰かけ、ユウトの額に手を当てた。

「かなり熱いな。ちょっと口を開けてみろ。……扁桃腺は腫《は》れていないが」

懲罰房にいた時の体調や下痢や嘔吐《おうと》感はないかなど、いくつかの質問をした後、ディックは濡《ぬ》らしたタオルをユウトの頭に載せた。

「何かの感染症というわけじゃないようだ。疲労とストレスのせいかもな」

「すぐに下がるよ」

ディックは「だといいな」と頷き、かたわらで本を読み始めた。時々、囚人たちがユウトに声をかけようとやって来たが、ディックが「具合が悪い」とすべての訪問を遮ってくれた。

「……ディック」

呼びかけると、ディックはなんだという目つきでユウトを見た。

「手紙、ありがとう。……嬉しかった」

やっと言えたという安堵《あんど》に気持ちが軽くなる。胸のつかえが取れたようだ。

「帰りを待ってるって言葉にすごく励まされた。本当は真っ先に礼を言いたかったけど、なかなかタイミングが摑《つか》めなくて……」

いつもなら言えそうにない言葉だが、熱のせいなのか素直に心情を吐露することができた。けれどディックは何も言ってくれない。もしかすると、あれくらいのことで大袈裟《おおげさ》に礼を言われ、困っているのだろうか。

急に恥ずかしくなってきて、ユウトはディックの視線を避けるように目を伏せた。

「リベラがいたから、懲罰房での暮らしも満更じゃなかったんだろう?」

突き放すような冷たい声で言われ、ユウトは戸惑った。どうしてだか、ディックに責められているような気がする。

「まさか……。ネトと話ができて気が紛れたのは確かだけど、早くあそこから出たくてしょうがなかったよ。ずっとここに戻って来ることばかりを考えていた」

お前はどうなんだ? 俺の帰りを待ってくれていたんじゃないのか? あの手紙に書いてあった言葉は、ただの社交辞令だったのか?

そう聞いてみたかったが、さすがに口にはできない。どう考えても、女々しい男がつれない恋人に向かって言う台詞《せりふ》のようだ。

ユウトは言い訳がましく考えた。戻ってこられたことと熱のせいで、自分は少しおかしくなっている。うんざりしていたこの狭い監房も、あの気の滅入る懲罰房と比べれば雲泥の差だ。だから気がゆるみ、そのせいで——。

「ユウト」

囁《ささや》くようなディックの声が聞こえ、ユウトは閉じかけていた瞼《まぶた》をハッと見開いた。

ディックにファーストネームを呼ばれるのは初めてだ。ミッキーやネイサンは最初からユウトと呼んでいたのに、彼だけはなぜかいつも頑《かたく》なにレニックスとしか言ってくれなかった。

「お前が戻ってきてくれて俺も嬉しいよ。……お帰り、ユウト」

声は素っ気ないが、ディックの瞳は柔らかだった。いつも冷たく感じるディックの目が、今は信じられないほど温かく感じられる。吸い込まれそうに鮮やかなブルーアイズにじっと見つめられていると、自分のすべてをディックに優しく包み込まれるような気がして、ユウトの胸は切なく疼《うず》いた。

ディックに対してだけ、なぜこんなにも心が揺れ動くのだろう。彼の何が自分を惹《ひ》きつけてやまないのだろうか。いくら考えてもユウトにはわからない。

「少し眠れ。誰にも邪魔されないよう、俺がずっとここで見張っててやるから」

ディックに優しくされるのは嬉しい。多分、誰にそうされるよりも。理由などわからなくても、それだけは確かだと断言できる。

熱に見舞われているというのに、ユウトは不思議なほど安らかな気持ちで目を閉じた。シェルガー刑務所に来て以来、今夜ほど穏やかな思いで眠りにつけたことはなかった。

額のタオルを取り替える気配で、ユウトは目を覚ました。いつの間に消灯になったのか、あたりはすでに真っ暗で、Aブロックは静まり返っていた。

目が暗闇に慣れると、かすかな月明かりに浮かぶディックの表情が見えてきた。ディックはユウトが眠る前とまったく同じ姿勢で、ベッドの端に腰を下ろしていた。

「最終の点呼は?」

普通なら絶対に鉄格子の前に立って、点呼を受けなければいけない。

「熱があるから大目に見てくれと頼んだ。担当がガスリーだったから見逃してもらえた」

熱はいっこうに下がる気配はなかった。身体中が火照《ほて》っていて、吐き出す息も燃えるように熱い。ディックが熱を確かめるように、ユウトの頰《ほお》に手を当てた。

「解熱剤でもあればいいんだがな。……せめて、水分だけでも補給したほうがいい」

ディックは立ち上がると、洗面台でコップに水を汲んだ。

「身体を起こせるか?」

頷いて見せたのはいいが、頭が重くて持ち上がらない。

「辛いならいい。俺が飲ませてやる」

てっきり頭を抱え起こされるのかと思ったら、ディックが自分の口に水を含み、顔を近づけてきた。ユウトはまさかと驚いたが、ディックの顔はどんどん近づいてくる。

「ディ――」

唇が重なり、ユウトの声はかき消された。合わさった部分から、冷たい水がなめらかに流れ込んでくる。ユウトは口腔にあふれる水を反射的に飲み下した。嚥下《えんか》するゴクリという音が、やけに大きく聞こえる。

ユウトは呆然《ぼうぜん》としていたが、ディックは平然とまた同じ行為を繰り返した。なぜという困惑と、思いのほか柔らかなディックの唇の感触に、頭の中が真っ白になる。

「もうひとくち飲むか?」

なぜだか、もう一度キスされたいかと聞かれている気がした。ユウトは混乱しながら、ディックの顔を見上げた。暗闇の中でふたりの視線が深く絡み合う。

もういいと答えたかったのに、身体はユウトの意志に反して頷きを返していた。ディックがまたユウトの上に覆い被《かぶ》さり、口移しに水を送り込んでくる。

甘い水だった。水はユウトの舌を優しく愛撫《あいぶ》し、渇いた身体の隅々まで行き渡っていく。細胞のひとつひとつまで潤してくれるような甘い水。まだ飲み足りないと思った。

もっと欲しい。もっと与えて欲しい。その唇で——。

甘い雫《しずく》を求めるあまり、ユウトの舌先は無意識のうちにディックの濡れた唇を舐《な》めていた。ディックの身体が一瞬、強《こわ》ばった。だがすぐにユウトの願いに応じるため、また新たな水を与えてくる。ユウトはうっとりとした心地で水を飲み干した。

ディックの唇が離れていく。そのことに寂しさを感じている自分がいた。おかしいとわかっているが、そう感じることまでは止められない。

ディックはユウトの濡れた口元を指で拭《ぬぐ》い、深い溜め息をついた。

「お前、いくら熱があるからといっても、ちょっと無防備すぎないか」

「……何が?」

ユウトがぼんやりした顔で聞くと、ディックはまた溜め息をついた。

「わかってないならいい」

怒ったような声で言われ、ユウトはなぜディックが不機嫌になるのだろうと不可解に思った。

「ディック。もう大丈夫だから寝てくれ」

「気にするな。ひと晩くらい寝なくても俺は平気だ」

ユウトが小さく笑うと、ディックが「なんだ?」と眉《まゆ》をひそめた。

「変われば変わるものだと思って。……お前の面倒なんていっさい見ない。頭の悪い新入りの尻ぬぐいなんてまっぴらだ。以前、俺に言っただろう?」

最初の夜、BBの手下に痛めつけられ満身創痍《そうい》のユウトに向かって、ディックははっきりとそう言ってのけた。

「お前はなんでもよく覚えているな」

呆《あき》れたように言われ、ユウトは「俺はこう見えて、執念深い男なんだ」と口元をゆるめた。

「……だから最初の頃、お前がやけに冷たかったことが今も引っかかっている」

我ながらしつこいと思ったが、そのことはどうしても気になっていた。ユウトもずっと誤解していたけれど、ディックは愛想は悪くても決して気持ちまで冷淡な人間ではない。だから余計に理由を知りたいと思ってしまうのだ。

「俺のどこが不快だった？　俺はお前の気に障るようなことをしただろうか」

「いや。お前のせいじゃない。俺の偏屈な性格のせいだ。俺は相手がどういう人間かわかるまで、どうしても気を許せない質でな。……気にしていたなら謝る。悪かった」

ディックの口調は静かで、嘘《うそ》をついているという印象は受けなかった。けれどユウトの気持ちはすっきりしない。最初の頃のディックの棘《とげ》のある視線に、わずかな敵意が感じられたからだ。ただ気が許せないというより、もっと明確な理由があって自分を遠ざけていたような気がしてならない。

「――ディック。俺はここに来る前、司法省の麻薬取締局で働いていたんだ」

ここでは絶対に隠しておくつもりだった自分の秘密。不意にディックにだけは、打ち明けたくなった。自分を信頼してトーニャとの本当の関係を教えてくれた、ネトの実直さを見習うわけではないが、秘密を明かすということは相手を特別に思っている証だと思う。ユウトの心のどこかには、そんな自分の気持ちを知ってもらいたいという、期待にも似た感情があった。

「そりゃ、すごい」

「冗談を言ってるんじゃない。本当なんだよ。ドラッグディーラーたちを何人も逮捕して、彼らを刑務所に放り込んできたんだ」

「……麻薬取締局ということはＤＥＡか。捜査官だったのか？」

内心まではわからないが、ディックは特に驚いた顔も見せず冷静だった。

「そうだ。主に潜入捜査や、おとり捜査を行っていた。危険な仕事だったけど、俺にはポールという頼もしい相棒がいた。奴は最高の相棒だった。……でもポールは殺された。俺は俺とポールが検挙した、ドラッグディーラーの仲間の仕業だと確信しているが、警察は状況証拠だけで俺を逮捕した。まんまとはめられたんだ」

「それで冤罪《えんざい》だと言ったんだな」

「ああ。ポールはいい奴だった。誰よりも信頼していたし、尊敬もしていた。なのに、なのに俺が殺したなんて……」

――まあ落ち着けよ、ユウト。お前はクールな顔してるくせに、すぐ熱くなる。そんなんじゃ、長生きできないぞ。

ふと、いつかのポールの言葉を思い出した。必死になると冷静さを失う傾向のあるユウトを、ポールはよくそんなふうにからかった。いつも精神的に未熟なユウトをリードしてくれた。

「俺は彼の葬儀にも出られなかった。お別れも言えなかったんだ……」

声が震え、胸がつまった。考えてみれば逮捕と同時にポールの死を知らされたせいで、悲しみに浸る余裕もなかった。ユウトを取り巻く環境は激変した。連日の厳しい取り調べ。裁判。

有罪判決。ＦＢＩの接触。不安と焦り、そして絶望に襲われ、自分自身のことを考えるだけで頭の中がいっぱいだった。

今頃になってポールの死が、ユウトの心に重くのしかかってくる。あらためて本当に自分は、かけがえのない存在を失ってしまったのだと感じる。もうこの世界のどこにもポールがいないのだと思うと、深い喪失感に胸がきりきりと締めつけられるようだった。

気を鎮めようと深呼吸したが駄目だった。熱いものがこみ上げてきて、こらえきれず涙となってユウトのこめかみに伝い落ちた。

「すまない……」

「謝らなくていい。仲間を失う辛さなら俺もよく知っている。仲間の死を悼んで涙を流すのは、恥ずかしいことじゃない。俺も仲間を失った時、思いきり泣いた」

子供をあやすように、ディックが頭を撫でてくる。何度も何度も、繰り返し繰り返し。

「眠れそうか？」

優しい目。優しい手。優しい声。

ユウトは頷いて目を閉じた。再び眠りの中へと落ちていきながら、ユウトは強く願った。

いつかディックの悲しみにも、触れることができたらいいのに、と。その時は自分が彼を慰めてあげたい。心からそう思う。

彼の流す涙を、この手で拭ってやりたい——。

8

ユウトの熱は翌日も高いままで、三日目になってようやく起きあがれる状態になった。けれど完全には下がらず、見かねたディックが医師に診てもらったほうがいいと、ユウトを医務室に誘った。

本来なら看守に申し出て許可が下りた後に、医務室の前で自分の番がまわってくるのを辛抱強く待たなければならないのだが、ディックのコネで一般の診察時間が終わってから、特別に診てもらえることになった。

Aブロックを出て、ディックにつきそわれて廊下を歩いていると、偶然ネトとすれ違った。

「ユウト。顔色が悪いな。具合でも悪いのか」

「ずっと熱が続いている。医務室につれて行くところだ」

ディックが答えると、ネトは心配そうな顔でユウトの首筋に手を当てた。

「懲罰房暮らしが身体にこたえたのかもな。ちゃんと診てもらえよ」

「ありがとう、ネト」

ユウトが頷いた時、背後で鋭い口笛の音が聞こえた。振り返ると、BBが仲間を従え立っていた。嫌な奴に会ったと思い、ユウトはげんなりした。

「リベラ。そいつは俺の獲物だ。気安く触るんじゃねぇ」

「おかしなことを言うな、BB。ユウトは俺の友人だ。お前に指図される覚えはないぞ」

険悪なムードを漂わせ、ブラック・ソルジャーとロコ・エルマノの男たちが、共にリーダーを挟んで火花を散らし合う。一触即発の危うい空気を破ったのは、通りがかった看守のホイッスルだった。

「何をしている！　廊下で立ち止まるなっ。行けっ」

BBは警棒を振り回す看守には目もくれず、ネトを激しくにらみつけ、蔑《さげす》むように唾《つば》を吐き捨てた。

「リベラ、このままですむと思うなよ。いずれきっちり片をつけてやる。ユウト、お前もだ」

ブラック・ソルジャーの一群が消えると、ネトは厳しい顔でユウトに用心しろと忠告し、ロコ・エルマノのメンバーを引きつれて立ち去っていった。

「まるでお前はシェルガー刑務所のヘレンだな」

ふたりきりになると、ディックが皮肉な口調で呟いた。

「ヘレン？　……もしかしてトロイのヘレンのことか？」

「ああ。さっきのお前を挟んでにらみ合うBBとリベラを見ていたら、お前が傾国の美女のように思えてきた。ヘレンはトロイを滅ぼしたが、お前の存在はこの刑務所にでかい火種を生みそうだ」

「変な言いがかりはやめてくれ。ギャング同士の対立は以前からの話だろう。それにBBはともかくとして、ネトはただの友達だ」

ディックは片眉をくいっと吊《つ》り上げたが、何も言い返さず歩き出した。看病してくれている時はあんなに優しかったのに、少しでも元気になるとまた素っ気なくなる。つくづく二面性のある男だな、とユウトはこっそり溜め息をついた。

監房で寝込んでいる間、ディックは仕事を抜け出して何度もユウトの様子を見に来た。医務室から持ち帰った薬を飲ませ、ベッドまで食事を運び、寝汗で濡れたシャツの着替えを手伝う。ユウトが恐縮するほどの甲斐甲斐しさだった。

快復してくるとまた愛想なしに戻ったディックの態度に、ユウトは口移しで水まで飲ませたくせに、というわけのわからない怒りを感じてしまった。

ひょっとすると、ディックは単に弱っている人間を放っておけない性格なのだろうか。もしそうだとすると、医務室で熱心に働いている理由も合点がいく。

自分にだけ特に優しいわけではないのだという、不当に裏切られたような思いは、真正面から向き合うにはあまりにも情けない感情だった。親の気を惹きたがる子供と同じだ。

ユウトは自分の気持ちを振り回すディックを憎らしく思った。苛立《いらだ》ちのあまり、ディックに持ち始めていた特別な親愛の感情まで、一気にトーンダウンしたほどだ。

中央棟の三階にある医務室に向かう間、ユウトは意地を張ってひとことも口を利かなかった。ディックはそんなユウトの態度を気にした様子もない。自分だけがディックの態度にヤキモキしているのが、馬鹿らしくなるほどだ。

ディックは医務室に入ると、右手にある診察室らしき部屋のドアをノックした。

「スペンサー、俺だ。入るぞ」

部屋の奥には白衣を着た四十代半ばとおぼしき白人の男性が、椅子に座り熱心にレントゲン写真を眺めていた。髪の毛はぼさぼさで、無精髭も伸びている。確か入所時のメディカルチェックを担当した医師だと思うが、白衣を着ていなければ医者だとは思えない、くたびれた雰囲気の男だった。

「ああ、ディックか」

「その写真はジェイソンの足か？」

「ああ。外の病院で固定手術を受けた部分だ。いまだにくっつかんところをみると、担当医は相当なヤブだったらしい。可哀想だが再手術の必要がある」

「泣いて喜ぶな。……それより彼を診てやってくれ。俺の同室者だ」

ディックがユウトを椅子に座らせた。

「君がユウト・レニックス？」

スペンサーは柔和な顔つきでユウトを眺めた。

「はい、初めまして。お疲れのところ、無理を言って申し訳ありません」

「おお、こりゃムショには珍しい礼儀正しき好青年だな。俺はここで五年働いているが、そんな気の利いた台詞は一度も聞いたことがない」

スペンサーはユウトにシャツを開くよう指示し、首にかけていた聴診器を耳にセットした。

「ディックと同室だといろいろ大変だろう。こいつは愛想なしの頑固者だから。それにとにかく態度が尊大でいかん。俺はいつでも能なし三流医者と罵《のの》しられてばかりさ」

おどけるように言われ、ユウトは微笑《ほほえ》んだ。

「よく言うよ。鬼のように人をこき使っておいて。俺は病室の様子を見てくる」

ディックが出て行くと、スペンサーは問診を開始した。症状は発熱だけだし、もう下がってきているので心配はないだろうということだったが、スペンサーは念のために血液と尿を採取して、検査にまわしておこうと請け負ってくれた。

「せっかく来たんだ。点滴でも打っていけばいい」

お茶でも飲んでいけばいい、という気軽さでスペンサーがニッコリと笑った。ユウトが診察台に横たわると、スペンサーは自ら点滴の準備をして針を刺した。

「看護師はいないんですか？」

「ひとりいるが、今食事中でね。そいつがまた偉そうな男で参るよ。俺は医者のくせに、ここじゃあ一番立場が弱いんだ。可哀想だろう？」

ユウトは明るく気のいいスペンサーを気に入った。医師としての腕のほどまではわからないが、彼には人間的な魅力がある。

「ディックの奴、昨日は何度も君の様子を見に行っていたようだな」

「すみません。先生にもご迷惑をおかけして」

「いやいや。全然構わんよ。むしろ俺としては普段クールなあいつが、息を切らしてここと監房を行ったり来たりする姿を見るのは愉快だった。監房に幼い隠し子でもいるんじゃないのかとからかってやると、バツの悪そうな顔をしていた。ちょっと胸がすっとしたよ。奴にはいつも苛《いじ》められているからね」

口ではそう言うがスペンサーの目は楽しげに笑っている。彼がディックの失礼な態度など、大きな器で丸ごと許容していることは明らかだった。

点滴が終わるとユウトはスペンサーに礼を述べ、脱いでいたシャツに腕を通した。ディックに声をかけてから戻りたいと言うと、隣の病室にいるから覗いてみろと、スペンサーは気さくに答えた。

ユウトは言われた通り、隣の部屋に向かった。そっとドアを開けるとたくさんのベッドが見えた。それぞれ左右がカーテンに仕切られているので中の様子までは見えないが、怪我《けが》や病気で療養中の囚人たちがベッドに横たわっているのだろう。

一番手前にある右側のベッドから話し声が聞こえた。ディックの声だ。

「弱気になるなよ。あんたほどの男がどうかしてる。みんな、あんたの帰りを待ってるんだ」

慈愛に満ちた優しい声だった。思わず聞き耳を立ててしまう。

「ディック、もういい。俺は駄目だ。自分のことは自分が一番わかる。……最後にリベラと会いたい。もう俺の力が及ばないことは、あいつもわかっているだろうが、自分の口からきちんと説明しておきたいんだ」

弱々しい男の声。会話の内容からして、彼がチョーカーなのだろうか。

「わかった。伝えよう。何か欲しいものはないか？」

「そうだな。ネイサンに本を頼んでくれ。心が静かになるような小説か何か……」

「わかった。また後で様子を見に来る」

カーテンが開き、中からディックが現れた。その背後のベッドには、痩せ細った黒人の姿が見える。ディックはユウトに気づくと頷いて、静かにカーテンを引いた。

「今のがチョーカー？」

病室から出てから、ユウトはディックに尋ねた。

「ああ。衰弱が激しくて、すっかり弱気になってきている。……元気な頃はあのリベラでさえ彼には一目置いて接していた。この刑務所いちのすごい男だったのに、もう見る影もない」

ディックが憐れむような表情で小さく首を振った。ディック自身もチョーカーに対し、何かしらの思い入れがあるのだろうということは、事情をよく知らないユウトにも窺《うかが》えた。

「もう監房に戻るのか?」

「その前に図書室に寄って、ネイサンに会ってくる」

ずっと仕事を手伝えなくて申し訳なく思っていたので、ひとこと謝っておきたかったのだ。

「じゃあ、もう行くよ。いろいろありがとう」

ユウトはディックに背を向けて歩き出したが、数歩進んだところで呼び止められた。

「ユウト」

振り返ったがディックは何も言わず、じっとユウトを見つめている。その表情はやけに険しく、まるでユウトの後ろに危険なものがあるようで、思わず背後を確かめたくなるほどだった。訝《いぶか》しく思い、ユウトが「なんだ?」と声をかけると、ディックはやっと口を開いた。

「……気をつけろ。ここでは誰にも気を許すな」

ユウトは今さらのディックの忠告を不可解に感じた。最初の頃ならいざ知らず、ユウトがここに来てから、もうひと月以上が過ぎている。

「相手がどんなに信頼できそうな男でも、笑顔を浮かべて近づいてくる気のいい奴でも、絶対に頭から信用するな」

ディックは一方的にそう言って、医務室の中に姿を消した。

なぜ今頃になってディックが警告を与えてくるのか不思議に思ったが、慣れた頃に気がゆるみ、トラブルに巻き込まれやすいということなのだろうと解釈して、ユウトはその足で図書室を目指した。

図書室の中は一般書籍の部屋と、法律関係の書籍ばかりを集めた法律図書館に分かれている。もうすぐ昼食の時間のためか図書室に人影はなかった。ユウトは書架の間を抜けて、奥にある法律図書館に足を踏み入れた。そちらにも誰もいない。

法律図書館には隣接した小部屋があるので、ユウトはさらに足を進めた。そこはいつもネイサンが囚人と面接するのに使用している部屋だった。

ノックしようとした時、中から言い争うような声が聞こえ、ユウトの手は自然と止まった。ドアがわずかに開いている。

「いい気になるなよ。なんでも貴様の思い通りにはならん。リベラを一般監房に戻しただけでも、こちら側としては最大の譲歩をしたつもりだ」

高飛車な男の声だった。声をひそめているが、男がひどく怒っていることは語気の荒さで如実に伝わってくる。

「ミスター・コーニング。リベラの解放は長い目で見れば、刑務所側にもよい結果をもたらすと何度も説明したはずです」

穏やかな声で返答したのはネイサンだ。

「だが、何か起きれば私の責任問題なんだぞ」

「ご自分の立場を憂うより、大事なことがあるでしょう。……さあ、もうお引き取りください。

所長ともあろう御方が、俺のようないち囚人に直談判されては、いい物笑いの種ですよ」

どちらかの立ち上がる気配を感じ、ユウトはその場から離れて書架の間に身を隠した。ドアが開き、ネイサンと話していた男が出てきた。

確かにそれはシェルガー刑務所の所長である、リチャード・コーニングだった。入所の時に話した以外、大きな集会などで挨拶をする気取った姿しか、所内では見かけたことがない。

コーニングが消えると、ユウトは少し間を置いて小部屋のドアをノックした。

「ネイサン。俺だよ」

「ああ、ユウトか。入れよ」

ネイサンはデスクに腰かけ、書類の束に目を通していた。ユウトは迷いながらも、さり気なく切り出した。

「さっき、所長とすれ違った。不機嫌そうだったけど、もしかして何かあったのか？」

ネイサンは苦笑を浮かべ、軽い息を吐いた。

「所長とは何かと衝突が多くてね。ほら、俺は囚人の人権問題や訴訟を扱っているだろう？時には提訴の取り下げを条件に、刑務所側から待遇改善の確約を取ったりすることもある。場合によっては、外に漏れると大問題になるような看守の虐待問題を逆手に、半ば脅すような形で、無理やり所長に譲歩させることもあったりしてね。汚いことは承知だが、俺の目的は裁判じゃない。あくまでも囚人たちの人権を守ることだから」

ネイサンがそこまで頑強な態度で、刑務所側と折衝していることは知らなかった。ただ優しいだけではないネイサンに、ユウトはますます尊敬の念を抱いた。

「最近は刑務所内の法律図書館はどこも縮小傾向にある。矯正局や政治家の一部は、囚人のくだらない提訴を抑制したいと考えているから、囚人に余計な知恵を授ける法律図書館は邪魔なんだよ。囚人の人権はますます軽んじられていくばかりだ」

手に持った書類をデスクの上に放り出し、ネイサンはゆっくりと立ち上がった。憂鬱《ゆううつ》な表情で窓際に近寄り、思い悩むように外の景色を眺める。

ネイサンの寂しそうな背中を見ていると、もっと彼を深く理解して、励ましてやりたいという気持ちが湧いてきた。

「……ネイサン。この前、食堂で言ってた話だけど。刑務所ビジネスのために、囚人が増やされているっていうあれ。もしよかったら詳しく話してくれないか」

「興味があるのかい？」

ユウトが頷くとネイサンは微笑を浮かべ、キャビネットから一冊のファイルを取り出した。そこには様々なグラフや、細かな数字が整然と並んでいた。

「細かなデータはここに書いてあるけど、アメリカの二百二十万という囚人数は少し異常だ。世界の人口の五％にも満たないアメリカに、世界の二十五％を占める囚人がいるんだ。この数字だけ聞けば、誰もがアメリカは犯罪が多いからだと考えるだろう？　けど実際の犯罪率は、アメリカだけがずば抜けて高いわけじゃない。アメリカの上をいく犯罪多発国はいくつもある。なのにアメリカの囚人数だけは、年々恐ろしい推移で増え続けている。いくら新しい刑務所をつくっても追いつかないほどだ」

「つまり、投獄率だけが異常に多いということだな?」

「ああ。受刑者増加など、国家にとって好ましくない事態だ。どうにか減らしたいと対策を講じるのが普通なのに、この国は受刑者増加を逆手にとって、刑務所産業を一大ビジネスにしてしまったんだ。刑務所産業は儲《もう》かるビジネスだからね。目ざとい民間企業はぞくぞくと刑務所経営に乗り込んできた。企業側は政府から囚人ひとりあたり定額の管理料を受け取り、その囚人を時給十セントから三十セントというひどい低賃金でこき使う。囚人のための食料、医療、生活必需品、輸送といった支援サービス事業も活性化するし、高圧フェンス、手錠、スタンガン、防弾チョッキといったセキュリティ関連の商品だってたくさん必要になる。企業にとって『刑務所産業複合体』はとてつもなく旨味のあるビッグビジネスなんだよ。でも潤うのは何も企業だけじゃない。地方自治体だって同じだ。刑務所を誘致すれば建築に伴う労働力が必要になるし、完成後は刑務所内外での雇用も促進される。それに囚人はその町の住民としてカウントされるから、国や州からの助成金までもが増大する。国や企業にとって囚人は原料であり金の卵、今や絶対に欠かせない存在なんだ」

民営刑務所が増加しているという話はユウトも知っていたが、特に問題視したことはなかっ

た。しかし刑務所産業がアメリカ経済の基本構成のひとつとして、すでになくてはならない存在に成長している事実をあらためて考えると、ネイサンの言うように異常な事態なのかもしれない。受刑者増加の結果として企業の収益が生じるのは自然だが、企業の利潤追求のために受刑者が増やされるのは本末転倒だ。

「犯罪者は罰せられて当然だ。だけどろくな更生教育も受けられない、ただ社会から隔離するためだけの場所に放り込まれて、誰が罪を悔いて反省する？　むしろ不当な扱いを受け、虐待され、怒りと不満を募らせた囚人は、それまで以上の反社会的な思考を持つようになる。残念なことに人間の心は脳みそと同じで柔らかい。丸い器に入れると丸くなり、四角い器に入れれば四角くなる。人は環境に左右される生き物なんだ。……ユウト。ここで暮らしていると、気持ちが歪《ゆが》んでこないか？　君のようにまっとうに生きてきた人間でも、囚人たちの考え方や行動に影響を受けているはずだ。刑務所特有の空気に感化されていないと言い切れるか？」

「……残念だが言い切れない。今は自分を守るためなら、なんでもしてしまいそうだよ」

「それが自然だ。誰かがもし自分を襲う計画を立てていると知れば、やられる前に先にそいつを襲うしかない。ここは戦場と同じだよ」

ネイサンはユウトを見つめて力なく微笑んだ。

「望まない環境で自分らしく生きるのは難しいね。俺が囚人のための活動をしたり、刑務所のことを勉強したりするのは、もしかして単なる逃避なのかもしれない。絶望的な自分の未来を考えるより、他のことに尽力しているほうが、気は紛れるからね」

「ネイサン。そんなことはない。君はとても立派だよ。俺は君を心から尊敬する」

強い口調で言うと、ネイサンはユウトの肩を軽く叩いた。

「ありがとう、ユウト。……話を聞いてもらえて嬉しかったよ。こういう話に興味を持ってくれる囚人はなかなかいなくてね」

ふとディックのことが頭に浮かんだ。ネイサンはディックとよくふたりきりで話をしている。

「ディックは？　あいつには話さないのか？」

「ディックはこういった問題には関心がないんだ。むしろ彼は社会なんて最初から敵、何かを望むほうが間違っているという、多少偏った思考を持っている男でね。まあ、ディックの罪状を考えれば、わからないこともないが」

ユウトは内心でドキッとした。ネイサンはディックの罪状を知っているのだ。ずっと気にかかっていた真実を目の前にして、ユウトは抗《あらが》いがたい誘惑を感じた。

知りたい。ディックの犯した罪がなんなのか。

「ディックは何をやったんだ？」

ネイサンが珍しく躊躇《ためら》うような表情を見せる。にわかに不安を覚え、ユウトは緊張してきた。それほど言いにくい罪状なのだろうか。

ユウトはじりじりしながら、ネイサンの次の言葉を待った。

「警官殺しだ」

「え……？」

聞き間違えたのだと思い、ユウトはもう一度ネイサンに尋ねた。

「今、なんて言ったんだ？」

「警官殺しだよ」

ネイサンが暗い目で繰り返した。

「ディックは警察官を殺したんだ。警官殺しは罪が重い。彼の刑期は三十年だよ」

——警官殺し。

ネイサンと別れてAブロックに戻る間、ユウトの頭はずっとその言葉に占領されていた。どういう事情があったのか知らないが、ディックの犯した過ちは、ユウトにとってどの罪状よりも重く響く。元捜査官という自分の過去のせいもあるが、相棒のポールを殺された出来事がいまだ生々しい傷痕となって、ユウトの心を疼かせているからだ。

ユウトが相棒を殺されたと打ち明けた時、ディックは何を思ったのだろう。自身の罪を振り返り、良心の呵責《かしやく》に胸を痛めたのか。それとも、そんな仕事をしていた男は殺されてもしょうがないと、冷たく考えていたのか。

『仲間を失う辛さなら俺もよく知っている』

あの慰めの言葉に嘘はないと信じているが、どうしても割り切れないものを感じる。ユウトは自分の狭量さを鬱陶《うっとう》しく思いながら、Aブロックの中に足を踏み入れた。

嫌な気分を振り払うように、大きく息を吸い込んだ時、ホーズの痩せた肩が見えた。悄然《しょうぜん》とした様子で自分の監房に入る後ろ姿を見ていると、マシューがいなくなってからホーズの元気がない、というミッキーの言葉が思い出された。

ホーズの監房の前まで行き、入り口に立って中の様子を窺った。ホーズはベッドに腰かけ、壁の一点をぼんやりと見つめている。

「ホーズ。調子はどうだい?」

ユウトはできるだけそっと声をかけたつもりだったが、ホーズはビクリと肩を震わせた。

「……ああ、ユウトか。まあまあだよ。お前こそ、熱を出して寝込んでると聞いていたが、もう大丈夫なのか?」

「かなりマシになったよ。今週いっぱいで出所なんだって? もう少しの辛抱だな」

ホーズは「ああ」と小刻みに頷いた。長い勤めを果たして、ようやく晴れの日がやって来たというのに、その年老いた顔はまったく嬉しそうではない。やはりマシューのことが気になっているのかもしれない。

「ホーズ。マシューなら大丈夫さ。若いからすぐ快復して元気になる」

「そ、そうだな。わしもそう思うよ、ユウト。あの坊主に別れの挨拶もできないまま、ここを去るのは心残りだが……」

「彼が戻ってきたら、あんたがお別れを言いたがっていたって、俺がちゃんと伝えるよ」

ホーズが弱々しく微笑んだ。ユウトは安心して立ち去ろうとしたが、今度はホーズに引き留められた。

「ユウト。明日の昼食前、風呂につき合ってくれんか。腕が思うように上がらん老いぼれだから、背中もろくに洗えんのさ」

マシューが時々、ホーズの入浴を手伝っていたのはユウトも知っていた。彼がいなくなってさぞや不自由しているのだろう。

「わかった」

「すまんな。じゃあ十一時半頃、来てくれ」

ユウトは自分の監房に戻るとベッドに横たわった。まだ熱があるせいか、少し動いただけでも疲労を感じる。

「ユウト。眠っているの?」

眠りに落ちかけたユウトの耳元で、ハスキーな声が囁いた。驚いて飛び起きると、ベッドの端にトーニャが座っていた。

「ごめんなさい。起こしてしまったわね」

「……いや。ちょっとびっくりしただけだよ。ひとりで来たのかい？」

「いいえ。ネトの手下と一緒よ。外で待ってる」

廊下に目をやると、ロコ・エルマノの男が背中を向けて立っていた。考えてみれば、ネトの女だと思われているトーニャが、ひとりで他のブロックに来るはずがない。

「熱があるんですって？　ネトが心配していたわよ」

「もう下がったから大丈夫だ。さっき医務室で診察も受けてきたし。……俺に何か用でも？」

「あら。会いたいからって理由だけで、来ちゃいけなかったかしら？」

色っぽい表情で笑われ、ユウトは思わずトーニャから目をそらした。まるで女性とふたりきりで、ベッドの上にいるようだ。トーニャの美貌《びぼう》を前にすると、彼女が本当は男なのだという当たり前の事実を、どうしても忘れそうになる。

「そんなことないよ。わざわざ来てくれてとても嬉しい」

「よかった。……それと、ゲーレンのことだけど」

トーニャが声をひそめた。ユウトは「ああ」と頷き、彼女の次の言葉を待った。

「彼の背中には火傷の跡はないわ」

「でも銃創があると聞いたけど」

「あるにはあるけど、それほど目立つ傷じゃないわね。かなり昔のものだし、気をつけて見ないと気づかないほどよ」

ユウトは落胆した。ゲーレンの銃創は、身体的特徴にもならない程度の傷だったのだ。

「ゲーレンは外にいる仲間と、よく連絡を取り合っていたかい？」

気を取り直してユウトが質問すると、トーニャは「いいえ」と即座に首を振った。

「彼は昔の仲間と決裂しているから、外の世界の人間と交流している様子は、まったくといっていいほど見られなかった。手紙も電話も面会も、全然なかったもの」

ますますゲーレンがコルブスだという可能性が低くなっていく。第一候補だったゲーレンは、この際リストから外して考えたほうがいいようだ。

「事情はよくわからないけど、あなたが捜している相手、早く見つかるといいわね」

トーニャが励ますようにユウトの膝を叩いた。

「ありがとう。話が聞けて助かったよ」

トーニャはネトの部下につきそわれて帰っていった。

コルブスの捜査はこれで振り出しに戻ったが、落ち込んでばかりもいられない。残る対象者はこれで三人になった。今のところ、どの囚人が怪しいという特別な感触は得られていない。

地道に当たっていくしかないな、とユウトはベッドに横たわった。もと整備工のエドワード・ペリー。ＡＢＬの下っ端のカール・バイソン。食堂で働いているマイケル・ベックス。目を閉じて、三名の調査対象者の顔をひとりひとり思い浮かべていく。誰がコルブスなのか。次はどの男に的を絞ればいいのか……。

しかし悶々《もんもん》と悩み続けていても、気がつけばディックのことを考えてしまっている。そんな自分にげんなりして、いいかげんにしろと叱《しか》りとばしてみたが、たいした効果はなかった。

ユウトの胸中に、警官殺しの真相をディックに問い質してみたいという欲求が湧き起こる。きっと何か然《しか》るべき理由があったに違いない。そうしなければならないほどの深い事情が。正当な理由もなく、ディックは警官を殺害したりしない。ディックはそんな人間じゃない——。

必死で自分に言い聞かせてみたが、そんな思いは単に自分が安心したいだけの、利己的な感情に他ならないとユウトにもわかっていた。ディックの罪に対し嫌悪感を持つということは、ディック自身をも嫌悪するのと同じことだ。

ディックを嫌いになりたくない。彼を信じたい。信じさせて欲しい。

それはディックのためというよりも、彼に惹かれている自分のための切実な願いだった。

「ホーズ。シャワー室に行こう」

翌日、ユウトは約束通りホーズを入浴に誘った。ホーズはタオルを手に持ち、監房からのろのろと出てきた。

「シャワーがすんだら、一緒に昼食を食べよう」

「ああ、そうじゃな」

昨日と同じでホーズはまったく元気がなかった。何か思い悩むような顔つきは、心ここにあらずといった感じだ。しかしそれはユウトにしても同じだった。ずっとディックの過去のことが気になっていたが、かといって詳しい事情を直接聞く勇気と厚顔さはなく、ひとりぐだぐだと考え込むばかりだったのだ。

「ユウト、今からシャワーかい?」

廊下を歩いていると、背後からネイサンが声をかけてきた。小脇に数冊の本を抱えている。

「ああ。ネイサンはまた図書室に?」

「その前に医務室に寄るつもりだ。ディック経由でチョーカーから本の貸し出しを頼まれてね。彼はなかなかの読書家で、病床にありながら毎日何かしらの本に目を通しているんだ。たいした精神力だよ」

ネイサンと別れてから、そういえば、と思い出した。昨日チョーカーはディックに、心が静かになるような小説が読みたいと言っていた。心静かに人生をまっとうしたいという、チョーカーの想いが汲み取れる言葉だ。身よりのないチョーカーは、外の病院に移されることを拒んでいると聞いたが、こんな場所でも彼にとっては我が家同然なのかもしれない。

シャワー室は週替わりで各ブロックごとに使用時間が変わるが、今日は午前中がAブロックの割り当てだった。もうすぐ昼食の時間のせいか、珍しく誰もいない。ユウトとホーズが脱衣所で服を脱いでいると、看守のコーウェンという男が近寄ってきて、ホーズの肩を叩いた。

「ホーズ。明後日、出所なんだってな。おめでとう」

猫撫で声で話しかけられたホーズが、戸惑ったようにもごもご礼を言う。ユウトはコーウェンのことは好きではなかった。暴力的な男ではないが、その代わりいつも気味の悪い薄ら笑いを浮かべ、何かにつけネチネチと嫌みを言うのだ。そんな囚人を侮蔑《ぶべつ》しきった態度を示す癖に、コーウェンはギャングたちから賄賂《わいろ》を受け取って、賭《か》け事などに荷担している。まだ高圧的に文句を言う、頭の堅い看守のほうがマシだった。

「明後日まで問題を起こさず、大人しくしてるんだぞ。それが自分のためだ」

それだけ言うとコーウェンは機嫌よくふたりから離れていった。ユウトはしつこく絡まれなかったことにホッとしながら、裸になって腰にタオルを巻いた。

ホーズが足を滑らせないよう彼の手を取り、シャワー室へと連れていく。コックをひねると壁に取りつけられたシャワーノズルから、勢いよく熱い湯がほとばしった。手を出して熱さを確かめてからホーズを振り返った。

「先に頭を洗ってやろうか？　それとも背中を流すほうがいい？」

「……ユウト。わしは、わしは……」

ホーズが喘《あえ》ぐように呟いた。今にも死にそうな顔で、壊れた人形のように首を振っている。

「どうしたんだ？　具合でも悪いのか？」

尋常ではない様子に不安を覚え、ユウトはホーズの肩に手を伸ばした。だがホーズはユウトから逃げるように、よろめきながら後ずさっていく。

「すまん……。本当にすまん。こうするより仕方がなかったんじゃ。でないと、わしはいつまでたっても、ここから出て行かれん……」

ホーズが震える手で脱衣所のドアを開けるのと同時に、数人の男たちが着衣のまま飛び込んできた。

ユウトの心臓は凍りついた。男たちは全員黒人で、しかもブラック・ソルジャーのメンバーだったのだ。

「すまん、ユウトっ、許してくれ……！」

ホーズは顔を歪めて叫ぶと、よろめきながら脱衣所に消えた。入れ替わるようにして現れたのはBBだった。勝ち誇った顔でユウトを見据えている。

その瞬間、ユウトはすべてを理解した。自分ははめられたのだ。ホーズも、そしてコーウェンも最初からグルだった。

「よう、ユウト。やっとデートができるな」

不敵な笑みを浮かべ、BBが近づいてくる。

逃げ場がないことはわかっていたので、ユウトは迷わずBBに襲いかかろうとした。だがBBの手下たちが素早く飛びついてきて、ユウトの攻撃を封じ込めた。必死の抵抗も虚《むな》しく屈強な男たちに手足を押さえ込まれ、壁に向き合う姿勢を取らされる。

「放せっ。俺に触るな……っ」

「しっかり押さえてろ。こんな顔していても、あのベルナルを一撃で倒した奴だ。油断するな」

　BBがユウトの背後に覆い被さってきた。後ろ髪を摑まれ、無理やり顔を上げさせられる。

「お前はいい度胸をしている。まさか、あのリベラに色目を使うとはな。……リベラとはもう寝たのか？　あいつのアレはどんな味だった？」

「ふざけるなっ、彼とはそんな関係じゃないっ」

「それが事実かどうか、お前の身体に聞いてやるよ」

　腰を抱かれ、耳朶《じだ》をねっとりと舐められる。嫌悪のあまり鳥肌が立ち、ユウトは反射的に頭を振ってBBに頭突きを食らわせた。

「ぐ……っ」

　BBがよろめくと、右手にいた男がすかさず「この野郎っ」とユウトの髪を摑み、タイルの壁に打ち据えた。額のあたりが切れ、鮮血が噴き出した。流れ落ちた血液が目に入り、ユウトの視界が赤く染まる。痛みよりも衝撃のほうが強く、意識が遠のきそうになった。

「こっちがちょっと優しくしていりゃあ、つけ上がりやがって……っ」

　カチャカチャというベルトを外す音が聞こえ、ユウトは恐怖に身を強ばらせた。

　嫌だ。それだけは絶対に。

殴る蹴るの暴行なら耐えられる。だが、その行為だけは——。

「……——っ」

いきり立ったBBの雄が、ユウトの狭い器官にねじ込まれた。強引に突き立てられ、激痛が走り抜ける。息をすることも忘れるほどの痛みだった。

BBが力任せの抽挿を開始する。ユウトは歯を食いしばって耐えた。けれど声など決して出すまいと思っていても、こらえきれず切れ切れな叫びが口をついて出てしまう。

「……く……あ……っ」

乱暴なファックに出血したのか、何度目かの突き上げで結合部にぬめりを感じた。皮肉なことにそのせいで滑りがよくなり、ほんのわずかだけ苦痛が和らぐ。しかし火の棒で内臓を掻き回されているような圧迫感と不快感は増していくばかりで、吐き気がこみ上げてきた。

苦痛に仰《の》け反《ぞ》るユウトの身体を、男たちはにやつきながら押さえ込んでいる。

「BB。黄色の雌犬のあそこは、どんな具合だ？」

ひとりの男が野卑な口調でBBに話しかけた。

「……いいぜ。よく締まっていて最高だ。……チョーカーがごちゃごちゃ言ってこなけりゃ、もっと早く可愛がってやれたのによ」

BBが身体ごと激しくぶつかってくる。冷たい壁とBBに挟まれながら、ユウトは苦悶の呻《うめ》きを漏らし続けた。

「ああ、クソ、もう我慢できねぇや」

野獣のような唸《うな》り声を放ち、ＢＢはユウトの中で達した。ＢＢが満足げな息を吐き、ゆっくりと身体を離すと、男たちは用済みだと言わんばかりに、ユウトを突き飛ばした。

「いい子にしてれば、次からは優しく可愛がってやる。だがもし今度またリベラに色目を使って俺をコケにしてみろ、その時はここにいる全員でお前を輪姦《まわ》してやるからな。覚えとけ」

ＢＢは俯《うつぶ》せで倒れているユウトに捨て台詞を投げ、仲間と一緒にシャワー室から出て行った。

ユウトはひとりになっても、起きあがることができなかった。

肉体以上に傷ついてボロボロになった心。完膚無きまでに打ちのめされ、指一本動かす気力すら湧いてこない。言葉にできない敗北感と屈辱に包まれ、心がじわじわと死んでいくようだ。

床を打つシャワーの水しぶきが跳ね上がり、ユウトの身体を濡らし続ける。温かな雨に自分をゆだねるように、ユウトは深い絶望の中で意識を手放した。

9

誰かの手が、そっと頬《ほお》を撫《な》でている。

その優しい感触に誘われ、ユウトは眠りから目覚めた。目を開けようとすると、瞼《まぶた》がかすかに痙攣《けいれん》した。それに頭が割れるように痛い。

「気がついたか、ユウト」

すぐそばにディックの顔があった。ユウトはディックの青い目を見つめ、それから周囲に視線を移した。白い壁。区切られたカーテン。清潔なシーツ。

「ここは医務室?」

「ああ。お前はシャワー室で倒れていたんだ。担架で運ばれてきたこと、覚えてるか?」

「……なんとなく。途切れ途切れの記憶しかないけど」

かすれた声でユウトは答えた。頭に違和感を覚え手で確認すると、包帯が巻かれていた。

「額が切れていたから三針ほど縫った」

「すごく頭がぼんやりする……」

「スペンサーが精神安定剤の注射を打ったせいだろう。ここに来た時、お前は少し錯乱していたから。……シャワー室でお前を襲ったのはBBたちだな？」

ユウトは頷《うなず》いた。確信を持っているディックに嘘《うそ》をついてもしょうがない。

「はめられたんだ。ホーズと看守のコーウェンもぐるだった」

「ホーズまで？　どうしてだ」

「あいつら、ホーズを脅したに違いない。無事に出所したければ、俺を騙《だま》してシャワー室まで連れてこいって」

ユウトが淡々と説明すると、ディックは怒りを抑え込むように目を閉じた。

「……ユウト。答えたくなければ、黙っていろ。お前をレイプしたのはBBだけか？」

質問の意図はうっすらと理解できた。ディックが知りたいのは、ユウトが数人の男と性交渉を持ったかどうかなのだろう。もし輪姦《りんかん》されたなら、HIV感染の危険性が一気に高くなる。コンドームなしの無防備なセックスやドラッグのまわし打ちで、刑務所内にはエイズが蔓延《まんえん》しているのだ。

「BBだけだ。でも血液検査は頼む」

平静に言ったつもりだったが、実際は声が震えていた。そんな情けない自分に苦笑した瞬間、胸の中でこらえていたものが大きく波打ち、感情が制御できなくなった。

自分はレイプされたのだ。どれだけ認めたくなくても、現実から目を背けることはできない。逃げずにちゃんと向き合わなければならない。頭ではわかっていた。だがそれはありのまま受け入れるには、辛すぎる出来事だった。

「ディック、俺は……」

言葉は続かず、ユウトの目に涙が滲《にじ》む。こんなことで泣きたくないと思っても、身体の奥底から湧き起こる怒りと悔しさが混ざり合って、涙と化してあふれ出てくる。

「すまない、ディック。お前に忠告されたばかりだっていうのに。BBが何もしかけてこないから、どこかで慢心していたのかもしれない。警戒心の足りなかった俺が悪い。自業自得だ」

誰にも気を許すなと注意を受けた昨日今日で、この情けない有り様だ。自分の愚かさが骨身にしみて、言い訳の言葉さえ虚《むな》しく響く。

「やめろ。お前は被害者なんだ。そんなふうに自分を責めるのはよせ」

ディックが強い語調でユウトを諫《いさ》めた。

「でも、お前は俺を馬鹿だと思っているんだろう……？　何度も注意してやったのにって」

「思うわけない。俺が今考えているのは、どうやってBBに思い知らせてやろうかってことだ。俺があいつに復讐《ふくしゅう》してやる」

「ディック？」

「お前が味わった痛みと悔しさを、何倍にもしてあの男に返してやる」

ディックの瞳に剣呑《けんのん》な光が浮かんでいた。冷ややかな表情の向こうに底知れない怒気を感じ、ユウトは息を呑《の》んだ。こんなディックは初めて見る。

「もしもお前があいつの死を望むなら、そうしてもいい」

「ディック、何を言ってるんだ？」

「あんな男を殺しても、俺の心はまったく痛まない。そうすることでお前の気持ちが少しでも楽になるなら、俺があいつを葬ってやる。気にすることはない。俺の手は昔から他人の血で染まっているんだ。今さら新しい血を浴びたところで、なんの痛みも――」

「ディック……っ」

たまらなくなって、ユウトはディックの腕を摑《つか》んだ。それ以上、言わせたくない。

「やめてくれ。もういいんだ。俺は平気だから」

人を殺すことなどなんでもないと、きっぱり言い切るディックが恐ろしかった。いや、ディック自身が怖いのではない。彼の心の陰を垣間見た気がして、そのあまりの闇の深さにユウトは怯《おび》えを感じたのだ。

「嘘だ。お前は見た目以上にプライドの高い男だ。そんなお前が無理やり犯されて、傷つかないはずがない。本当は死ぬほど悔しいんだろう？　ＢＢが憎いんだろう？　だったら報復しろ。ここには奴を罰する法律なんて存在しない。やられたらやり返すしかないんだ。ユウト、俺を使え。俺がお前の手足になってやる。お前はひとこと、俺に頼むと言えばいいんだ」

ディックの言葉を聞いていると、段々とわからなくなっていく。何が正しく、何が間違いなのか。本当に正義はあるのか。悪とはなんなのか……。だがその惑いは今に始まったことではない。もっと以前から、ユウトが逮捕された時から始まっていた。

本来ならユウトは、ここにいるべき人間ではない。なのに冤罪《えんざい》という罠《わな》にかかり、罪人の烙《らく》印《いん》を押され不当に投獄されてしまった。自分は何ひとつ悪くない。ならば悪いのは誰なんだ。警察か？　自分をはめた犯人か？　無罪の人間を有罪と判断した陪審員なのか？

外の世界にいた時は法が人を裁くというシステムに、疑問を感じたことなどなかった。法を犯した者を厳しく罰しなければ、社会は呆気《あっけ》なく秩序を失ってしまう。犯罪者は刑務所の中で己の罪を悔い、社会生活に適応できるよう、自らの更生に努めなければならない。当然のようにそう思っていた。

だが現実はどうだ。ここは更生施設などではない。ネイサンの言った通り、ただの隔離施設だ。まだ入所して日の浅いユウトですら、犯罪者が刑務所の中で心を入れ替えることなどないと言い切れてしまう。むしろ彼らは社会を憎み、二度と犯罪に手を染めたりしないと誓う代わりに、次はヘマをせず利口に立ち回ってやると決意するだけだ。

心の奥底を覗《のぞ》けば、ユウトの中にも憎悪があふれている。自分を傷つけるもの、虐《しいた》げるもの、助けないもの、見捨てるもの、それらすべてを憎んでいる。なぜ自分だけが、こんなにも苦しまなければならないのだ。そう問いかけるほど、ユウトの胸の奥深くで炎が揺れる。炎は怒りと絶望と悲しみを燃料にして、静かに燃えさかる憎悪そのものだった。

けれど衝動のままに、その炎に身を投じればすべてが終わる。自分という人間は終わってしるだろう。

まう。マイナスの感情に取り込まれ、心を腐らせてしまえば、二度ともとの自分に戻れなくな

人は環境に左右される生き物だとネイサンは言った。ユウトもその通りだと思う。しかしだからこそ、強い意志を持たなくてはいけない。誰のためでもなく、自分自身のために――。

「ディック。俺は耐えてみせる。辛くても乗り越える。だからお前にも何もして欲しくない。頼むから馬鹿なことはしないでくれ。俺のためにお前が誰かを殺したりしたら、俺は自分を一生許せなくなる。……それにBBに復讐したければ、俺は自分の手でやるよ。自分の問題を他人に片づけられるなんて我慢ならない」

ユウトが必死で訴えると、ディックの固い表情がフッと弛《ゆる》んだ。

「お前はそういう男だよな」

いつもの皮肉そうなディックに戻ってくれたので、ユウトは心底安堵《あんど》した。

「俺は大丈夫だ。こんなことで負けたりしない」

ディックに告げると同時に、ユウトは自分自身に言い聞かせた。

「負けるわけにはいかないんだ……」

繰り返し呟《つぶや》くと、ディックはユウトの手を包み込むように強く握り締めた。ディックの自分を思いやる気持ちが、触れ合う肌を通して直接流れ込んでくる気がする。下手な慰めの言葉よりも、そのリアルな温もりは何倍もユウトを勇気づけてくれた。

その時、ユウトはあることに気づいた。左側に壁があり、その向こうにはドアも見えている。ということは、ここは入ってすぐの右側のベッドだ。昨日、この部屋に来た時、このベッドにはチョーカーがいたはずだ。

「ディック。チョーカーは……？　昨日まで、ここにいたよな」

ユウトが尋ねるとディックは少しだけ目を見張り、それからゆっくりと首を振った。今度はユウトが瞠目《どうもく》する番だった。

「まさか……」

「ああ。駄目だった。お前がここに運ばれてくる少し前に、力尽きてしまった。ちょうどネイサンが見舞いに来ていた時だ」

ディックの辛い心情を想像すると、かける言葉が見当たらなかった。いつかこの日が来るとわかっていても、長い間、彼を献身的に介護してきたディックにとっては、さぞや無念だろう。

しかしチョーカーをよく知らないユウトには、悲しみより不安のほうが強かった。チョーカーの死は、これでもうBBの暴走を止められる者はいなくなったという現実に直結している。ブラック・ソルジャーは完全にBBの支配下に置かれたのだ。

あの男の今後の出方次第で、刑務所内に不穏な嵐が吹き荒れることになる。ユウトはネトとトーニャの顔を思い浮かべながら、彼らの身に何も起こらないことを強く願った。

ディックがマメに面倒を見てくれるおかげで、医務室での生活は快適だった。ただディックがユウトにだけ特別世話を焼くせいか、ふたりの親密な関係は退屈している他の囚人たちの格好の標的になった。

彼らはディックの看護が手荒いだの、言動が素っ気ないだの、何かにつけ文句を言うのだが、その都度「ユウトにだけ優しくするなよ」とか「俺も新入りみたいに特別扱いしてくれ」とユウトを引き合いに出し、意地悪くディックをからかうのだ。ディックはまったく気にも留めなかったが、ユウトのほうが気まずくてたまらなかった。

ミッキーとネイサンはユウトを心配して、真っ先に様子を見に来てくれた。ミッキーはどうにかしてBBを懲らしめてやりたいと憤っていたが、ユウトは気持ちだけ有り難く受け取るから絶対に馬鹿なことはするなと、しつこいほど繰り返した。さすがに相手がギャングのボスでは迂闊《うかつ》に手出しできないとわかっていたので、ミッキーも最後には不承不承の様子ながら納得してくれ、ユウトはホッと胸を撫で下ろした。

彼らが帰ると、看守部長のガスリーがユウトの話を聞きにやって来た。ユウトは何を聞かれても、いきなり後ろから襲われたので、犯人のことはまったくわからないと答えた。ガスリーは帰る間際に歯切れ悪く、コーウェンがトイレに入っている間に事件が起きたと弁明していることを、こっそりと教えてくれた。

午後からはトーニャとネトも顔を出してくれた。ネトは言葉少なに痛ましい目でユウトを見ていたが、すぐに外の空気を吸ってくると言い残し、ひとり椅子を立ってしまった。

「ごめんなさい、ユウト。ネトは傷ついたあなたの顔を見ているのが辛いのよ」

トーニャがいたわるような手つきで、ユウトの腕をそっと撫でた。

「あなたも辛かったでしょう。ＢＢの奴、本当に許せないわ」

「ありがとう。でも俺は大丈夫だよ」

ユウトがトーニャの手を握った時、ディックがやって来た。手を取り合うふたりを見て、

「これは失敬」と目を細める。

「もしかしてお邪魔だったかな？　出直そうか」

「な、何言ってるんだっ。馬鹿」

ディックが点滴を取り替えながら、赤くなっているユウトに追い打ちを掛ける。

「馬鹿とはなんだ。随分といいムードだから、気を利かしてやろうかと思ったのに」

「ディック……っ」

トーニャがクスクス笑って、ディックを柔らかくにらんだ。

「ディックったらまるで嫉妬《しっと》してるみたい。あなたの大事なユウトに手を出したりしないわよ」

ディックは肩をすくめただけで反論しなかった。なぜ言い返さないんだと、ユウトのほうが

焦ってしまう。

「ああ、そうだ。ＢＢとつき合ったことのあるシスターに、例のこと聞いてみたの」

「どうだって？」

「セックスに関してはかなり慎重な男みたいね。オーラルセックスの時でも、必ずコンドームは使っていたって話だから」

いきなりの会話にユウトは驚いたが、ディックから事情を説明されて納得した。スペンサーが意識を失っているユウトを診察した際、直腸内検査で精液は採取されなかったらしい。スペンサーからレイプ犯は避妊具を使用していたのではないかと聞いたディックは、その裏づけを取るためにトーニャを頼ったのだ。

「ＢＢは半年前に自分から希望して、血液検査を受けている。その時はなんの病気にも感染していなかった。用心深い男だから、お前を襲った時も当然、避妊具を使用していたはずだ」

潜伏期間もあるので安心はできないが、ユウトはディックの言葉に救われる思いがした。やはり、このことが一番不安だったのだ。

「リベラはユウトが襲われたことに対して、怒り心頭のようだな。檻《おり》に入れられた熊みたいに、怖い顔で廊下を行ったり来たりしているぞ」

ディックが言うと、トーニャは「当然よ」と肩をすくめた。

「ネトは友情に厚い男ですもの。昨夜《ゆうべ》は大変だったわ。監房で大暴れするから、私のお気に入りのティーカップがみんな割れちゃった。今にもDブロックに飛び込んでいって、BBと差し違えそうなすごい剣幕だった」

顔色を変えたユウトに気づき、トーニャは「大丈夫」と苦笑した。

「彼だって自分の立場はわかってるから。いくら腹を立てていても、個人的な感情で動いたりしないわ」

「……よかった。それを聞いて安心したよ」

「しかしリベラが仕掛けなくても、いずれBBのほうから手を出してくるんじゃないのか」

ディックの言葉にトーニャは固い表情で頷いた。

「そうね。チョーカーがいなくなった今、いつ抗争が始まってもおかしくない」

「君もネトも、本当に気をつけてくれ。心配でたまらないよ」

「ありがとう、ユウト。あなたも早くよくなってね」

しばらくして、ネトが戻ってきた。

「トーニャ、もう帰るぞ。ユウトは怪我人《けがにん》なんだ。長々と居座って疲れさせるな」

「わかってるわよ。本当に男って気が短いんだから」

ふたりの様子がまるで長話する女房と待ちくたびれた亭主のようだったので、ユウトは思わず笑みを浮かべた。

「ネト、わざわざ来てくれてありがとう」

「ゆっくり療養しろ。辛い時は歌でも口ずさめ。気持ちが軽くなるぞ」

ユウトはそんな言葉に、懲罰房で聞いたネトの歌う『ラ・ゴロンドリーナ』を思い出した。

「そうだな。俺も『ラ・ゴロンドリーナ』でも歌ってみるよ」

「そうしろ。……燕《つばめ》も長旅の合間には羽根を休める。焦ることはない。お前はきっと目的地にたどり着ける」

お前はきっと目的の相手を必ず捜し出せる。本当はそう言いたいのだろう。いかにもネトらしい励ましの言葉だった。


ユウトの怪我はそれほどひどいものではかったので、五日目の診察時にスペンサーから、明日には監房に戻ってもいいと言われた。ついでシャワーの許可が下りたので、ユウトはディックに入浴がしたいと声をかけた。病室の隣に患者専用のシャワー室があるのだ。

ディックはまだ抜糸がすんでいない額の傷に防水テープを貼ってから、ユウトをシャワー室に案内してくれた。

「ありがとう、ディ――え？」

ユウトはぽかんと口を開けてしまった。なぜかディックが束ねていた髪を解き、おまけに服まで脱ぎ始めたのだ。

「俺も入る。風呂はいつも夕食前に、ここですませているんだ」

「いや、入るって……、ここの風呂はひとり用だろう?」

「介護入浴できるよう広めになってるから、男ふたりくらい余裕だ。ほら、早く脱いで入れ。言っておくが、お前が俺の日課に割り込んでいるんだぞ」

腰にタオルを巻いたディックが偉そうに言い放つ。勝手な奴だとユウトは憤慨したが、ここで言い合っても時間の無駄だ。むくれながらユウトも服を脱ぎ、浴室に移動した。

「ユウト。そこの椅子に座れ。頭を洗ってやる」

ディックが湯を出したシャワーヘッドを手に持ち、背もたれのついたシャワーチェアを顎《あご》で指し示した。ユウトは焦った。

「い、いいよ。自分で洗える」

「まだ微熱があるんだろう。ふらついて転んだらどうする。監房に戻るまでは、大人しく俺に世話されていろ」

ユウトは呆《あき》れ顔でディックを見つめた。結局、これはディックの介護の一環らしい。監房のシャワー室でディックと一緒になったことはないので、ここでの入浴が日課だというのは本当かもしれないが、わざわざ一緒に入ったのは、ユウトひとりで入浴させるのが心配だったのだ。

世話好きな奴めと内心で呟き、ユウトは椅子に腰を下ろした。ディックが手際よくユウトの髪の毛を洗い始める。顔を上向きにした状態で、ユウトは目を閉じてディックの指の動きを感じていた。頭皮を擦る、ほどよい力加減が心地いい。

「昨日、ホーズが出所したそうだ」

「……そうか」

「よかったのか？」

ユウトは目を閉じたまま、「いいよ」と答えた。

「彼も被害者だ。きっと悩んだはずだし、胸を痛めたに違いないから」

ディックが「お前はお人好しだ」と呟いた。ホーズにまったく腹が立たないと言えば嘘になるが、相手は二十年もこんなところで暮らし、やっと自由になることができた痩《や》せっぽちの老人だ。そんな相手に復讐しても、ユウトの気持ちはまったく晴れない。

丁寧な洗髪が終わると、今度は背中を洗ってやるから立てと言われた。

「それくらい自分でできるよ」

「背中だけだ。後は自分でやれ」

「……お前は俺のママかよ」

文句を言いつつも椅子から立ち上がる。ふらつかないようユウトが壁に手をつくと、ディックは泡立てたスポンジで背中を擦ってきた。

「お前は見た目と違って過保護だよな」

独り言のようにぼやくと「誰にでもってわけじゃない」と返され、ユウトはドキッとした。

そういう言い方だと、ディックにとって自分は特別な相手だとも解釈できる。

「痣《あざ》になってる」

背後からディックが腕を伸ばし、壁をついているユウトの手首を指でなぞった。ユウトの両方の手首には、薄い鬱血《うっけつ》の跡が見られる。レイプされた時に、押さえつけられていた部分だ。

じっと手首の痣を見ていると、あの時の記憶が浮かび上がってくる。思い出したくないのに、立ちこめる湯気やシャワーの水音が悪夢を呼び起こす。

手首に絡みついた黒い手。嘲笑《ちょうしょう》を浮かべる唇。水に混ざってタイルの上を流れていく、ピンク色の血。力任せに貫かれる激痛——。あらゆる場面がフラッシュバックのように、一瞬のうちにユウトの脳裏を駆けめぐった。

心臓が早打ちし、呼吸が乱れてくる。手も小刻みに震えていた。

「ユウト……?」

ディックの胸が背中に当たった。すぐ後ろにある男のたくましい肉体を意識した途端、ユウトはパニックに陥った。後ろからBBに犯された時の恐怖が、まざまざと蘇《よみがえ》ったのだ。

「あ……嫌だ……っ」

ユウトは咄嗟《とっさ》にディックから逃げるように身体を反転させ、壁に背中をつけて両手で顔を覆った。視界を覆っても、目を閉じても、一度、芽生えた恐怖を振り払えない。どこまでもユウトを追いかけてくる。

「嫌だ。やめてくれ……。いやだ……」

「ユウト、しっかりしろ。落ち着くんだ」

ディックに手首を握られ、ユウトはビクリと身体をすくませた。

「放せ……っ、やめろ……っ！」

「ユウト、俺を見ろっ」

ディックが両腕を摑み、有無を言わせない力で激しく揺さぶってくる。

「俺の目を見るんだ。お前の前にいるのは誰だ？　言ってみろ」

青い目がユウトを真摯《しんし》に見つめていた。吸い込まれそうな青。――ディックの瞳。

「……ディック、ディック・バーンフォードだ」

「そうだ。俺だよ。俺は決してお前を傷つけたりしない。……わかっているだろう？」

ディックが微笑《ほほえ》んだ。包み込むような優しい笑みに、ユウトの緊張は一気に解けた。

「ディック。俺は、俺は怖かったんだ……」

ユウトはディックの広い肩に額を押し当て、懺悔《ざんげ》するように呟いた。

「レイプされた時、怒りより悔しさより、本当は恐ろしさのほうが強かった。恐怖に足がすくみ、身体に力が入らなかった。ろくな抵抗もできず、ＢＢに――。そんな自分が嫌で嫌で吐き気がする。俺は本当は憶病で、どうしようもないほど弱い男なんだ……」

認めたくなくて考えないようにしていたが、こんなふうに呆気なく取り乱す自分を目の当たりにすると、現実を思い知らされてしまう。どれだけ強がっても、自分はその程度の男なのだ。

「ディック、俺は駄目だ……。もう駄目だ……これ以上――」

いろんな感情が堰《せき》を切ったように胸にあふれ、言葉にならない。ユウトは焦れったい思いで頭を振った。自分でも何を言いたいのかわからないが、ディックには知って欲しいと思った。自分という人間のことを。この胸に混沌と渦巻くいろんな感情を。

「ユウト。誰だってお前と同じ目に遭えば恐怖を感じる。心も傷ついて弱くなる。そんな自分を責める必要はない。弱音を吐いてもいいんだ。それでお前の価値が下がるわけじゃない。……お前の様子が落ち着いていたから、大丈夫だと思い込んでいたが、そんな簡単に立ち直れるわけがないよな。気づいてやれなくて悪かった」

ディックはユウトの身体を抱き締め、慰めるように囁《ささや》いた。ディックの低い声には不思議な力がある。いつもユウトの気持ちを落ち着かせ、強い安心感を与えてくれるのだ。

「ディック」

名前を呼ぶと、ディックは目を細めてユウトの額にかかる濡《ぬ》れた髪を両手でかき上げた。ディックに見つめられていると、さっきまで胸を圧迫していた様々な感情が霧散していくようだ。吐き出さなければ自分が潰れてしまうと思っていたのに、もう何も言わなくてもいい、言葉などいらない、という気がしてくる。それに久しく忘れていた人肌の温もりに包まれる安堵感に、身も心も弛緩してすべてがとろけそうだった。

ディックがユウトの額にそっと唇を押し当てた。慈愛に満ちた優しいキス。嫌悪感はまったくなく、むしろもっと何度もそうして欲しいと願ってしまう。

密着した肌が熱かった。濡れた素肌と素肌の合わさる生々しい感覚が、ユウトの奥底で何かを芽生えさせていく。とても際どくて、危うい何かを——。

ユウトは自分の下腹部《はら》が熱を孕むのを感じ、激しく狼狽《うろた》えた。下肢がぴったりと重なっているので、このままではディックに気づかれてしまう。けれど腰を引こうにも背後には壁があり、逃げられない。ユウトは慌ててディックの胸を突っぱねた。

「ユウト?」

「も、もう大丈夫だから……」

言い訳して必死で身をよじったが、ユウトの昂ぶりは腰に巻いたタオルを押し上げ始めている。ディックがそこに目を落とし、わずかに驚きの表情を浮かべた。気づかれてしまったのだ。

ユウトは羞恥《しゅうち》のあまり、今すぐ消えてしまいたいと思った。慰められていただけなのに、節操もなく性的興奮をもよおすなんて。ディックも呆れたはずだ。軽蔑《けいべつ》されたかもしれない。

「俺はもう、出るから……」

たまらなくなってユウトはディックから離れようとした。だが素早くディックに肩を押され、また壁に背中を預ける格好になる。

「まだ全部洗ってない」

ディックは床に落ちていたスポンジを拾い上げ、ユウトの首筋から胸に滑らせた。股間の変化に気づいているくせに、ディックは淡々と身体を洗い続ける。

「ディック、もういい。俺は……あっ」

さり気なく腰のタオルを奪われ、ユウトは息を呑んだ。ディックがスポンジを手放し、泡にまみれた指でユウトの固くなったそれを握り締める。

「ディック、何を……っ」

「いいから。お前はじっとしてろ。俺はお前を傷つけたりしない。俺を信じて、何も考えずに全部任せて……」

なだめるように囁き、ディックが軽く手を上下させる。瞬時に痺《しび》れるような快感が湧き上がり、ユウトは軽く仰《の》け反《ぞ》った。

「ディック、駄目だ……、こんなの……あ……」

大きな手に包まれ、根本から先端まで優しく擦られると、全身の血液が一カ所に集中する。ディックの手がその熱をさらに煽《あお》り、理性が吹き飛んでしまう。何も考えられなくなっていく。

「大丈夫。こんなことはなんでもない。恥ずかしがらずに力を抜け。人にされるのは久しぶりだろう？　お前はただ気持ちよくなっていればいいんだ。リラックスしろ。ここには誰もいない。俺だけだ。俺しかお前を見ていない……」

ディックの唇が耳朶《じだ》に触れている。熱い吐息がかかるたび、背筋にぞくりと大きな震えが走った。ディックの手は巧みに動き、ユウトをどこまでも高めていく。

「は……ぁ、ん……っ」

あまりの気持ちよさに、ユウトの目尻には涙が滲んできた。

プライバシーのない刑務所暮らしでは自慰行為さえままならないが、もともと性的に淡白なところがあるユウトはそれほど苦痛を感じなかった。というよりメンタルな問題で、自分でやりたいという欲求がほとんど起こらなかったのだ。

けれどこんなふうに愛撫《あいぶ》されると、忘れていた欲望がとめどなくあふれてくる。駄目だと思っても、もっとこの甘い刺激に溺《おぼ》れたくなり、腰さえも淫《みだ》らに揺れそうになる。

「気持ちいいか……？」

ディックが額を合わせながら、確認してくる。ユウトは唇を震わせながら頷いた。

「我慢しなくていい。全部、吐き出していいから」

ディックの唇がすぐそこにあった。吐息が触れ合うほど近い。

欲しいと思った。ディックの甘い唇が。理由など知らない。ただの欲情なのか、それともそれ以上の意味があるのか。ただディックのキスが欲しくてたまらなかった。いけないという理性など、まるで役には立たないほど熱望している。

ユウトの唇は自然とディックを誘うように、薄く開いた。目で切なく訴える。早くここに来てくれと。察しのいいディックは、すぐさまユウトの願いに応えてくれた。

ふたりの唇が重なり合う。しっとりと、深く。ディックの舌が入り込んできた瞬間、全身が甘く痺れ、ユウトはキスをしたままくぐもった声を漏らした。

「ん……ふぅ……」

シャワーに打たれながら、夢中になって舌を絡め合う。その間もディックの手は動き続け、ユウトを追い込んでいく。ユウトは長く保たず、ディックに唇を奪われながら達した。

「あ、ん……——っ」

あまりの快感に身体が小刻みに痙攣する。ディックは茫然《ぼうぜん》自失で胸を喘《あえ》がせているユウトを抱き締め、頬に軽くキスをした。

興奮が冷めてくると気まずさだけが残る。ユウトはいたたまれなくなったが、冷静になりきる前にディックの異変に気づき、またあらたな羞恥に見舞われた。

「あの……ディック……」

腹に硬いものが当たっている。勃起したディックの雄だった。

「……俺も、しようか？　その、手でお前の……」

ユウトは消え入りそうな声で尋ねた。そんなことを口にするのは死ぬほど恥ずかしかったが、自分だけがいい目を見るのは申し訳ない。

「してくれるのか？」

ディックが面白がるように、グッと腰を押しつけてきた。ユウトの顔が瞬時に強《こわ》ばる。

「も、もし、お前がそうして欲しいなら……っ」

早口で答えると、ディックは苦笑して身体を離した。

「無理するな。別にお前にさせたいなんて思っちゃいない。さっきのは俺が勝手にやったことだ。俺は後でひとりで抜くことにするよ」

ディックには悪いがホッとした。すすんでキスまでしておいてずるいかもしれないが、触れることは平気でも、自分から男のものを握るのは、やはりとてつもなく勇気がいる。

「お前はもう出ろ。のぼせちまうぞ」

肩を押しやられ、ユウトは一抹の罪悪感を味わいつつも頷いた。

ディックが早速、頭を洗い始める。ドアを閉めようと何気なく浴室を振り返った時、ディックの背中が自然と目に入った。わざとビルドアップされたこれみよがしな筋肉ではなく、自然に鍛えられたことがわかる、実用的なバランスのいい肉体だった。

つい見とれて眺めていたが、そこにあるものを見つけ、ユウトの瞳は凍りついた。

「どうした？」

ドアを開けたまま立ち尽くしているユウトに気づき、ディックが振り返った。

「……その背中」

「ん？　ああ、これか。火傷の跡だよ」

ディックがシャワーで泡を流すと、それがはっきりと現れた。背中の低い位置、腰のあたりに広範囲な引きつれが見られる。ひと目で火傷の跡だとわかるほどの、目立つ大きな傷だ。

「火事か何かで……?」

「昔、軍隊にいた時、ある任務でヘマをやってな。人使いの荒い部隊にいたから、あちこち傷だらけさ」

ユウトは雷に打たれたような衝撃を受け、震える手でドアを閉めた。バスタオルを摑んだが、呆然《ぼうぜん》としたまま身体を拭くこともできない。

火傷の跡。軍隊経験。三十代前後の白人。殺人罪で服役中。——ディックはコルブスの条件にすべて当てはまっている。それに警官殺しの過去。反社会的な思考。人を殺すことなど、なんでもないと言ってのける冷徹さ。それらもテロリストの資質として相応《ふさわ》しくはないか?

まだそうと決まったわけでもないのに、身体中の力が抜けていく。

ユウトはガクリと膝を折り、冷たい床に両手をついた。

10

病室での朝食がすむと、ユウトはわずかだけあった私物を取りまとめた。着替えのシャツ、タオル、歯ブラシ、ミッキーが差し入れてくれた雑誌。まとめてビニール袋の中に放り込み、ベッドに腰かけて吐息をつく。

昨夜は一睡もできなかった。シャワー室でディックの火傷の跡を見てからというもの、ひときも気が休まらない。ディックがコルブスの条件をすべて満たしていたのはショックだったが、それ以上に気になったのが、ＦＢＩのリストにディックの名が含まれていなかったことだ。最初はＦＢＩが見落としたのかと思ったが、彼らは全囚人の経歴と身体的特徴を徹底的にチェックしたはずだ。なのに、なぜディックが調査対象者から漏れていたのか。

ユウトが陰鬱な気持ちでスペンサーの回診を待っていると、診察室のほうで慌ただしい気配が起きた。勢いよくドアを開けて顔を出したのは、看護師のラッセルという男だった。

「西棟のＤブロックで怪我人が出た。どうも下手に動かせない状態らしいから、先生と一緒に行ってくる。回診は後回しだ」

「誰がやられた？」

「揉《も》めたのは黒人とチカーノか？」

病室の囚人たちは興味津々で尋ねたが、短気なラッセルは「知るか」と怒鳴り返した。ラッセルの背後からスペンサーが現れた。

「戻ってきたら教えてやるから、大人しくしてるんだぞ。もうじきディックが来る」

スペンサーとラッセルが出て行ってしまうと、皆口々にブラック・ソルジャーとロコ・エルマノの戦争がとうとう始まったんじゃないかと噂話《うわさばなし》を始めた。ユウトは会話に加わる気になれず、こっそりと病室を出た。物思いに耽《ふけ》りながら、待合室のベンチに腰かける。

疑わしいと思い始めると、ディックの謎めいた部分のすべてが、コルブスに繋《つな》がっているように感じられて仕方がない。ディックの冷たい横顔と、自分にだけ見せる優しい笑み。まるでコインの裏表のようだ。どちらが表でどちらが裏なのか、そんなことはどうでもいい。問題なのはユウト自身がディックの二面性を認めてしまっているため、彼を信じ切れないでいることだった。

ディックは違う。卑劣なテロ行為に荷担するような男じゃない。ユウトは苛立《いらだ》って待合室の中を歩き回った。

「くそ……っ」

診察室のドアを拳で強く叩《たた》いた時、ドアが弾みで開いた。スペンサーとラッセルは慌てていたので、出かける際に鍵《かぎ》を閉め忘れたらしい。

ユウトは天啓のようにあることに気づき、診察室の中に忍び込んだ。スペンサーのデスクの奥に、大型のキャビネットがある。ここには囚人の健康状態を管理する個人ファイルが収められているはずだ。ユウトは手当たり次第引き出しを開け、中身を調べた。

あった。ファイルは囚人番号順に並んでいた。

ディックの番号が記されたものも、すぐに見つかった。白いプラスチックのファイルには、ディックの健康診断の結果などが綴《と》じられていた。一番最初には入所時に受けたメディカルチェックのシートも挟まっていて、そこには身長、体重、血液型、既往症、それに刺青《いれずみ》や傷跡の有無などが記されている。ユウトは食い入るようにシートを見つめ、そして我が目を疑った。

傷跡の項目が空白なのだ。火傷はもちろんのこと、額の傷のこともまったく記述がない。担当医師のサインはスペンサーのものだ。どう考えてもおかしい。スペンサーが目立つふたつの傷跡を見落とすはずがない。

もとの場所にファイルを戻し、ユウトは診察室を出た。

なぜかわからないが、スペンサーは意図的にディックの身体的特徴をシートに記さなかったのだ。だからFBIはディックを見つけられなかった。スペンサーはディックとどういう関係なのだろう。医師と囚人という関係以上の繋がりがあるなら、それは一体なんなのか。

ユウトの思考はどうしても最悪な方向に流れていく。コルブスは刑務所の中から仲間に指示を出していたが、ここでは弁護士以外への手紙や電話はすべて内容の記録を取られるので、テロの実行を具体的に示唆するのは容易なことではない。特殊な連絡ルートがあったと考えるのが妥当だ。もしディックがコルブスだったとすれば、スペンサーが仲介していたのではないか。彼を通じてなら、簡単に外の仲間とも意思の疎通がはかれる。

本当ならすぐにＦＢＩのハイデンに連絡して、調査対象から漏れていたディック・バーンフォードの経歴を、徹底的に調べてもらう必要があった。けれど、その前にユウトは自分でディックを問い質したいと思った。彼の声で、言葉で、ちゃんと目を合わせながら答えを聞きたいのだ。たとえそれが嘘であっても。

いても立ってもいられなくなり、ユウトは医務室を飛び出した。待っていればディックはやって来るが、先に捕まえて、どこか人気《ひとけ》のないところで話がしたい。

西棟の廊下は、施錠点呼から解放された囚人たちであふれかえっていた。人波に逆らって歩いていると、突然、緊急事態を知らせるサイレンが鳴り響いた。

どこかで揉め事が起こったようだが、ユウトは構わず歩き続けた。けれどいくらも進まないうちに、誰かに腕を掴まれた。

「よう、ユウト。もう医務室から出てきたのか？」

心臓が止まるかと思った。ユウトの手を握っているのはＢＢだ。

「……放せ」

喉が干上がり、かすれた声が落ちた。ユウトの怯えを見抜いたＢＢが、獲物を追いつめるように、ゆっくりと顔を近づけてくる。

「そんな怖がるなよ。次は優しく可愛がってやるって言っただろう？　お前はもう、俺の大事な女だからな」

ねっとりと囁く声。発作的な強い怒りが恐怖を凌駕《りょうが》した。ユウトは腕を鋭く払いのけ、BBの胸を思いきり突き飛ばした。BBの巨体は後ろに倒れ込み、手下どもが慌てて彼を支えた。

「ふざけるなっ。次なんてないに決まってるだろう、このクソ野郎！」

憤怒を剝《む》き出しにするユウトに、BBもぎらついた怒りの目を向ける。

「また痛い目に遭わされたいみたいだな。……おい、お前ら」

BBの手下が素早くユウトを包囲した。屈強な黒人たちに取り囲まれ、ユウトは腰を落として身構えた。

「こいつをもう一度、医務室送りにしてやれ」

BBが残忍な笑みを浮かべた時、誰かが彼の首に腕を回した。BBの顔が苦しげに歪《ゆが》む。

「が……っ」

「医務室に行くのはお前のほうだ」

BBを羽交い締めにしたのはディックだった。BBの野太い首を、今にもへし折らんばかりの力で締め上げている。

「心配するな。俺が手厚く看護してやるよ」

低い声で告げると、ディックはもう片方の手で、BBの耳に何かを突き立てた。

「ぎゃあぁぁ……っ」

BBの口から凄《すさ》まじい咆哮《ほうこう》がほとばしる。ディックがBBから飛び退き、愕然《がくぜん》としている黒人たちを押しのけ、素早くユウトの腕を摑んだ。

「行くぞっ」

「ディック……っ、ディック・バーンフォード……!」

のたうちまわってディックの名を叫ぶBBの耳から、奇妙なものが生えていた。よく見ると、それは鉛筆だった。見る見るうちにBBの肩は、耳から流れ出す鮮血で赤く染まった。

ブラック・ソルジャーの男たちは苦悶《くもん》にもがくBBを呆然と見ていたが、すぐ我に返り、逃げだしたディックとユウトを追いかけ始めた。

ディックとユウトは必死で走ったが、中央棟に向かう人ごみに進路を阻まれ、すぐ男たちに追いつかれてしまった。

殺気を漂わせた黒人たちが、じりじりと近寄ってくる。

「ユウト。……やるか?」

「ああ」

ユウトはディックの問いかけに即答した。十数人の男たちが相手では、勝ち目はないとわかっている。けれどディックと一緒なのだと思うと、不思議なほど恐ろしさを感じなかった。

だがふたりが覚悟を決めたその時、廊下の奥から別の男たちが現れ、情勢は一転した。突如、割り込んできた第三の集団は、ロコ・エルマノの男たちだった。彼らは躊躇《ちゅうちょ》もなくいっせいにブラック・ソルジャーに襲いかかった。

瞬時のうちに、あたりが怒号に包まれる。逃げまどう一般の囚人たち、加勢しようと飛び込んでくる囚人たちで、収拾がつかないほどの大混乱が起こった。

「ユウト、中央棟に逃げろっ。ディックと一緒に行くんだ」

ネトが駆け寄ってきた。

「ネト！　駄目だ、俺も一緒に戦うっ」

「これは俺たちと黒人の戦いだ。お前は早く行け」

「だけど……っ」

ディックがユウトの腕を引いた。

「行こう。お前がここにいると、リベラは心配して思うように動けない。……リベラ、気をつけろよ。無事を祈ってる」

ネトはディックに力強く頷き、ユウトの肩をギュッと掴んだ。

「BBは何がなんでもお前とディックを捜そうとするだろう。だから少しでも安全な場所に行くんだ。俺は大丈夫だから心配するな。トーニャも護衛をつけて、さっき避難させた」

ユウトは後ろ髪引かれる想いで、ディックに腕を引かれながらその場を離れた。歩きながら後ろを振り返ると、ネトは心配するなというように手を上げ、喧噪《けんそう》の中に引き返していった。

非常事態を知らせるサイレンの音が鳴り響く中、看守たちが騒動を収めようと慌ただしく走っていく。しかし囚人たちの興奮は瞬く間に波及し、あちこちに暴力の火種が飛び火して、事態はもはや数人の看守の手で止められる状態ではなくなっていた。

一度騒ぎが始まってしまえば、もう人種間だけの問題ではない。囚人たちの積もりに積もった鬱憤はとうとう出口を見つけ、火山のように噴火したのだ。

「俺のせいだ」

「違う。いずれ起きたことだ。……さっき、Dブロックでチョーカー派だった黒人が、三階の通路から落ちて死んだんだ。チョーカー亡き後、チカーノと交渉に当たっていた穏健派の男だ。多分、BBの仕業だろう。リベラもそれを知って決意したに違いない」

医務室に戻る途中、管理棟のほうから看守部長のガスリーが走ってきた。

「バーンフォード！　西棟で何があったっ？」

「黒人とチカーノが戦争を始めた。ガスリー、マスターキーをくれ。あの荷物を取ってくる」

ディックが手を差し出すと、ガスリーは大きく息を呑んだ。

「早くしてくれ。動けるうちに片をつけたい。もう今しかないんだ」

「……わかった」

ガスリーは苦渋の決断を下すように重々しく頷くと、腰にぶら下げていた鍵束から一本の鍵を取り外し、ディックに手渡した。

「ユウト。俺は野暮用があるから、お前は先に医務室へ行け。BBが手下を差し向けるかもしれん。中から鍵を掛けて隠れているんだ。いいな」

ディックに背中を押され、何がなんだかわからないが、ユウトはとにかく夢中で走り出した。しかし階段の前まで来た時、あることに気がついた。

ネイサンが図書室にいるのではないだろうか。彼は朝の点呼が終わると、いつもまっすぐに図書室へ向かう。もしいるなら、ネイサンも一緒に医務室に連れていったほうがいい。

ユウトは急いで階段を駆け上がり、図書室のドアを開けた。思った通り、そこには窓際に立って外を眺めるネイサンの後ろ姿があった。

「ネイサン！」

ユウトが叫ぶと、ネイサンはゆっくりと振り返った。いつもとまったく変わらない微笑みを浮かべている。

「どうしたんだい、ユウト。そんなに慌てて」

「西棟で騒ぎが起きた。黒人とチカーノの全面抗争だ。多分、看守にも止められない。一緒に医務室に避難しよう」

「ああ、やっぱりそうなのか。さっきからサイレンの音がうるさいし、何かあったとは思っていたんだよ。……それに、ほら。煙が見える。興奮した囚人たちが、ベッドや何かに放火したんだろうね。まあ、たいして燃えるものはないから、火事になる心配はなさそうだけど」

のんびりと話すネイサンにユウトは苛立った。

「何を悠長なことを言ってるんだ。暴徒化した囚人が、こっちにも押し寄せてくるかもしれない。早く行こうっ」

ユウトが腕を引くと、ネイサンは「ちょっと待ってくれないか」と苦笑した。

「大事な書類や本を持っていきたい。火でもつけられたら大変だからね。すぐに用意するよ」

ネイサンのあまりのマイペースぶりに、ユウトは溜《た》め息《いき》をついた。

「ネイサン……」

「わかった、我慢するよ。そんな呆れた目で見ないでくれ」

ネイサンが肩をすくめ、「行こうか」とユウトの背中を叩いた。

「ディックとミッキーが心配だな」

図書室のドアに鍵を掛けながら、ネイサンがぽつりと呟いた。

「ミッキーはわからないけど、ディックとはさっきまで一緒だったから、大丈夫だと思う」

「彼はどこに？」

さあ、と答えて歩き出す。だが半分ほど進んだあたりで、ユウトとネイサンの足が止まった。

階段からディックが現れたのだ。さっきまではなかった大きなリュックを背負っている。

「ユウト？　何をしているんだ。医務室に行けと言ったはずだぞ」

咎《とが》めるような厳しい声だった。ユウトがこんな場所にいるとは思いもしなかったのだろう。

「でもネイサンが図書室にいるんじゃないかと思って……」

「こっちに来い。来るんだ、早くっ」

ディックが険しい表情で命令する。ユウトは気圧《けお》されながら、「あ、ああ」と頷いた。けれど足を動かす前に、ネイサンに腕を摑まれた。

「駄目だよ、ユウト。行っちゃいけない。……ディックはピストルを持ってる」

「え……？」

そんな馬鹿な、とユウトはディックに目を向けた。ディックはなぜか右手だけを背後にまわしている。

「ディック、右手を見せろ」

ユウトが言うと、ディックはゆっくりと右手を出した。その手には紛れもなく黒いオートマチックピストルが握られている。

ディックはまっすぐに腕を上げ、ふたりに銃口を向けた。

「なんのつもりだ……」

ユウトは愕然としながらディックの冷ややかな目を見つめた。

「ディック、どうし――」

ユウトの震える声は、乾いた銃声にかき消された。

ディックがいきなり天上に向けて発砲したのだ。明らかな威嚇射撃だがディックが本気なのを知り、ユウトのショックはさらに強まった。

「余計な真似《まね》はするなよ、ネイサン。……ユウト、お前はこっちに来るんだ。ネイサンのそばから今すぐ離れろ」

ディックの狙《ねら》いがネイサンなのを知り、ユウトは激しく動揺した。

なぜだ。なぜディックは一番仲のよかったネイサンに銃を向ける？　気が狂ったのか？　それともやはりディックはコルブスで、ついに冷酷な本性を現したのか？

違う。ディックはコルブスなどではない。そんなはずがない。

「ディック、やめろっ。銃を下ろせ！」

ユウトは咄嗟にネイサンの前に立ちはだかった。けれどディックはピストルを突きつけたまま、近づいてくる。

「ユウト。どくんだ」

「……参ったね。まさか君がそうだったとは。可能性を考えなかったわけじゃないが、すっかり騙されてしまったよ。俺を一年も辛抱強く見張っていたのか。素晴らしい精神力だね」

ネイサンの場違いな明るい声を奇異に感じた時、頬に冷たいものが当たった。ユウトの全身が緊張する。ネイサンが手にしているのは、細身のナイフだったのだ。

「ネイサン……？」

「すまないね、ユウト。人質になってもらうよ。彼は君のことが大好きなようだから、君ほどの適任者はいない。……ディック、こっちにピストルをよこせ。少しでも余計な動きを見せれば、彼の喉笛をまっすぐに切り裂く」

ネイサンがナイフの切っ先を、ユウトの喉に強く押し当てる。またもや、予期せぬ事態が起こった。頭が混乱して、もうユウトには何がなんだかわからない。

「さあ、ディック。言う通りにしろ。ユウトが死んでも構わないのか？」

ディックは銃口を向けたまま、微動だにしない。

ネイサンの手に力が入り、ユウトの皮膚が切れた。首筋にピリッとした痛みが走る。

「よせっ」

ディックが鋭く制止する。ネイサンの手は、今にもユウトの喉を掻《か》き切りそうだった。

「言う通りにする。だからユウトには危害を加えるな」

ディックは苦汁を飲むような顔で、腰をそっと落とした。ピストルを床に置いて、ネイサンに向かって滑らせる。銃口を摑んで拾い上げろと指示され、ユウトは言われた通りにした。ネイサンはピストルを取り上げ、ナイフの代わりに銃口をユウトの頭に押しつけた。

「ひとつ教えてくれ。チョーカーを殺したのはお前か？」

ディックの静かな問いかけに、ネイサンは首を軽く傾けた。

「殺しただって？　とんでもない。俺は彼の苦しみが早く終わるようにと思って、ちょっと口

を塞《ふさ》いであげただけだ。呆気なく息絶えたよ。見ていて俺もホッとした。心が静かになる小説なんてわざわざ読まなくても、彼は安らかに死んでいけたんだから」

あくまでも優しげな口調でネイサンが話し続ける。ユウトは悪い夢でも見ている気になった。虫も殺さないような優しい顔で、ネイサンはチョーカーを殺害したのだ。放っておいても死ぬとわかっている男を、あえてその手で葬った——。

「詭弁《きべん》を言うな。お前はチョーカーが邪魔だったんだ。彼を殺せば、黒人とチカーノの間で抗争が起きて暴動に発展する。ずっとチャンスを狙っていたんだろう」

「なんの話かな?」

ネイサンが笑いを含んだ声で答えた。

「暴動を起こすよう、上に命令されたのか? それともすべてお前の独断か?」

「君の勘の鋭さには脱帽するよ。……けれど詰めが甘かったね。君は俺には勝てない」

ネイサンがユウトの背中を強く突き飛ばした。勢い余って床に転がったユウトに、ディックが瞬時に走り寄る。

「残念だよ、ディック。君とはいい友達になれそうだったのに」

ネイサンが銃口の位置を下げると、ディックはユウトを自分の背に庇《かば》い、「やめろ」と低い声を発した。

ネイサンが親しい友人を見るように、ふわっと微笑んだ。それこそ天使のような優しい瞳で。

「美しい友情だね。いや、愛情かな？　どちらにしても、見ていると切なくて胸が詰まるよ。せめてふたり一緒に死なせてあげよう。……ひとりきりは寂しいからね」

　ユウトはディックの肩ごしに訴えた。

「ネイサン、やめてくれっ。一体どうしたんだ。君はそんな男じゃないだろうっ」

　こんな状況に陥っても、ネイサンの暴挙が信じられなかった。何かの間違いだと思いたい。

「君はみんなのために一生懸命頑張っていたはずだ。心の優しい男だったのに……っ」

「一度、そういう男になってみたかったんだよ。自分とは真逆の人間にね。でももう飽きた。十分楽しませてもらった。君が知ってるネイサン・クラークはもういないんだ。仮面を脱ぐ時が来たんだよ」

　ユウトは必死で食い下がった。

「じゃあ、あの冤罪の話も嘘だったのかっ？」

「ああ。君を信用させるための嘘だ。……いや、すべてが嘘ってわけじゃないな。俺がネイサンという男の母親を殺したのは本当だから」

　どういう意味なのか理解できなかったが、それ以上の質問は許されなかった。ネイサンが銃口をユウトの額に合わせたのだ。

「……さようなら、ユウト。君との友達ごっこもなかなか楽しかったよ」

　ネイサンが本気で別れを惜しむように、寂しげな笑みを浮かべた。引き金にかけた指に力がこもる。

「いたぞ！　バーンフォードだっ」

緊迫を破る叫び声が、廊下中に響き渡った。ユウトたちとネイサンの間に割って入るように、階段から数人の黒人たちが飛び出してきた。ブラック・ソルジャーのメンバーたちだ。

「レニックスも一緒だ。ふたりまとめてぶっ殺せ！」

思わぬ伏兵がふたりに千載一遇のチャンスを与えた。

ディックの反応は素早かった。「いまだっ」とユウトの腕を取り、ネイサンから逃げるため廊下を走り出した。黒人たちが怒声を上げて追いかけてくる。

背後で銃声が響いた。振り返ると黒人のひとりが血を噴き上げ、崩れ落ちるのが見えた。

「なんだっ？」

「ネイサンだ……っ、野郎、ピストルを持ってるぞ！」

黒人たちがパニックを起こして逃げまどう。ネイサンは容赦なく引き金を引き続け、狭い廊下はたちまち血腥《ちなまぐさ》い殺戮《さつりく》の場と化した。ディックとユウトは死に物狂いで走り、辿《たど》り着いた非常口階段をもの凄《すご》い勢いで駆け下りた。

一階の廊下でまた別の黒人の二人組が現れたが、先手必勝でディックが相手を殴り飛ばした。ユウトも渾身《こんしん》の力でもうひとりの男を蹴《け》り上げる。

「こっちだ、ユウトっ」

ディックの後を追い、がむしゃらに廊下を走り抜けた。ディックが向かったのは食堂の裏手側にある、倉庫のような場所だった。ディックはガスリーから受け取った鍵で頑丈な鉄の扉を開け、中にユウトを押し込んだ。ディックが内側から施錠し、ホッと安堵の息を吐く。

「ここは?」

「サブの食料倉庫みたいな場所だ。腐らないものや日持ちする食材が置かれている」

あたりには大きな棚が立ち並び、段ボール箱や木箱が所狭しと積み上げられていた。ディックはさらに奥に進み、倉庫に隣接した部屋のドアを開けた。

監房の部屋ふたつ分ほどの狭いスペースには流し台、小さな食器棚、テーブル、それにいくつかの椅子が置かれている。ディックはリュックと食料を床に置くと、テーブルと椅子を片方に押しやった。

「ここは厨房《ちゅうぼう》係の休憩室だ。狭いがトイレもある。しばらくここに立て籠《こ》もろう」

「看守が見回りに来ないか」

「西棟の暴動は東棟にも波及しているはずだ。しばらくは暴動鎮圧に必死で、それどころじゃないだろう。これだけ大きな騒ぎだし、下手すると数日は治まらない」

ディックが部屋の隅から畳まれた段ボール箱を見つけ、床に敷き詰めた。ふたり揃ってその上に腰を下ろすと、ユウトの唇からは大きな溜め息が落ちた。

「……ディック。俺に説明してくれ。わけがわからない。——俺はお前がコルブスかもしれないと思っていた」

ユウトが顔を向けると、ディックは薄く笑った。コルブスが何者か知っている顔だ。

「ひどい誤解だな。やっぱりお前はＦＢＩか」

「違う。言っただろう？　俺はＤＥＡの捜査官だった。相棒を殺されたことも、無実で逮捕されたことも全部本当の話だ。お前に嘘はついていない。ＦＢＩは有罪判決を受けた俺に、取引を持ちかけてきたんだ。この刑務所でコルブスを見つけ出せたら釈放してやるって」

「なるほど。ＦＢＩのやりそうなことだ。……率直に言う。俺はコルブスじゃない。コルブスはネイサンだ」

ユウトは唇を噛んだ。さっきのネイサンの様子から、もしかしてと思ったのだ。しかしあの優しくて誰からも慕われている人格者のネイサンが、テロリストのリーダーだというのはあまりにも荒唐無稽な気がして、ディックからこうやって真実を聞かされるまでは、どうしても信じる気にはなれなかった。

「俺はＦＢＩから、コルブスの背中には火傷の跡があると聞いていた。ネイサンとは何度か一緒にシャワーを浴びたが、そんなものはなかったぞ」

「あいつはこの刑務所に入る前に、整形手術を受けている。その時に火傷の跡も治したんだろう。それと奴は本当のネイサン・クラークじゃない。ネイサンになりすまして、シェルガー刑務所に身を潜ませていたんだ」

ますます話が見えなくなっていく。ネイサンという人間は、コルブスの単なる隠れ蓑《みの》だったというのか。なら本当のネイサンはどこにいる。

「そんなに簡単に他人になりすますことができるのか？」

「できるさ。力のある組織の後ろ盾さえあればな。……現に俺がそうだ。俺はコルブスを捜すため、警官殺しのディック・バーンフォードという男になりすまして、ここにやって来た」

ネイサンのみならず、ディックまでが？　ユウトは声もなくディックの横顔を見つめた。

「驚かせたな。とりあえず、俺のことは今まで通りディックと呼んでくれ」

ディックは苦笑を浮かべ、ユウトの頬を指で弾いた。

「……ディック。お前は一体、何者なんだ？」

ディックはしばらく迷うように黙り込んでいたが、今さら隠し立てしてもしょうがないと覚悟を決めたのか、ユウトを見据えて静かに口を開いた。

「俺はＣＩＡの契約エージェントだ」

ＣＩＡ（アメリカ中央情報局）――。言わずとしれた、ホワイトハウス直属の情報機関だ。まさかの事実に、ユウトはただ目を見張るばかりだった。

「俺は二年前まで、デルタフォースに在籍していた」

「デルタフォース……。陸軍の対テロ専門部隊の、あのデルタフォース？」

「ああ。コルブスとの関わりはその時から始まった。詳しい事情を聞きたいか？」

ユウトは迷わず頷いた。知りたい。ディックの過去を。ここに至るまでの道筋のすべてを。

「……その前に、コーヒーでも飲むか」

流し台の上にインスタントコーヒーの瓶があるのに気づき、ディックは立ち上がった。ユウトも手伝うために、ヤカンに水を入れるディックのかたわらでカップを用意する。カセットコンロで沸かした湯をカップに注ぎ、ふたりはまた床に腰を落ち着けた。

ディックはしばらくコーヒーを飲みながら、黙り込んでいた。ユウトは催促せずに我慢強く待った。ディックが何かと対峙《たいじ》している気配を感じたからだ。彼にとって、簡単に口にできる過去ではないのかもしれない。

ディックは飲み終えたカップを床に置くと、「長い話になる」と前置きをして口を開いた。

11

ディックの話は何もかもが興味深かった。

施設育ちの孤児だったディックは、軍隊からの奨学金を得て軍事大学に進学した。在学中から訓練を受け、卒業と同時に陸軍に入隊し、グリーンベレーを経てデルタフォースの隊員になった。デルタフォースの正式名称は、アメリカ陸軍第一特殊作戦部隊分遣隊。その名が示す通り、特殊任務に携わる陸軍の精鋭部隊だ。

隊員は戦闘の訓練はもちろん、戦車や航空機の操縦、爆発物処理、突入戦術、要人警護、応急処置、人質救出など、あらゆる戦局に備えて、徹底的に鍛え上げられる。ディックも厳しい訓練を受けた後、海外での秘密裡の任務に就くようになった。

ユウトも詳しくは知らないが、デルタフォースが時には海外での要人暗殺などの、非合法活動にも従事するという不穏な噂《うわさ》を聞いたことがある。そのためか世界トップクラスの特殊部隊だと言われながらも、国防総省はデルタフォースの存在を公式には認めていない。

「デルタでは四人一チームになって行動するが、俺たちのチームはとても仲がよかった。フランク、ジョナサン、ノエル。頼もしくて底抜けに明るい男たちで、あいつらと一緒ならどんな辛い任務も平気だった。俺たちは普段はノースカロライナのフォート・ブラッグ基地で生活していたが、ある時、みんなで金を出し合ってビーチハウスを購入したんだ。俺たちは休暇になるとそこで仕事の垢《あか》を落とし、次の任務に就くまでのんびり過ごしたよ。三人は最高の仲間だったが、特にノエルはかけがえのない存在だった。……彼は俺の恋人だったから」

　思いがけない言葉に、ユウトの胸はズキッと痛んだ。ディックに恋人がいたことは知っていたが、具体的に名前と関係性を知ることで、その存在がにわかに具体的な輪郭を帯びてくる。

「ふたつ年上のノエルとは、最初からウマがあった。誰にも優しい、心の温かい穏やかな男だった。でもある時、俺がゲイだってことを教えたら、急に態度がおかしくなった。俺はてっきり嫌われたんだと思ったが、そうじゃなかった。彼もゲイで、しかも俺のことが前から好きだったらしい。俺たちはごく自然につき合うようになった。フランクもジョナサンも俺たちの関係を認めて、自然に受け入れてくれた。ずっとひとりだった俺は、優しい恋人と理解ある仲間の両方を手に入れたんだ。初めて家族ができたように感じていた。けれど俺の幸せは長く続かなかった。ある日突然、コルブスによって奪われてしまったんだ」

　ディックは不意に口をつぐみ、自分の手のひらを見つめた。失ってしまったものを、そこに探すように。ディックはゆっくり拳を握ると、また語り始めた。その後の彼の話は、ユウトにとっても聞くのが辛い内容だった。

　二年前の二月、ディックたちに緊急の出動命令が下った。任務は頭のいかれた〝ホワイトへブン〟という武装カルト集団が起こした、籠城《ろうじょう》事件の人質救出と完全制圧。国外任務が主のデルタに指令が下ったからには、政府にとって公になる前に鎮圧したい事件なんだろうと、ディックたちには予想がついたらしい。

「詳しい情報はいっさい与えられなかったが、それは珍しいことじゃない。俺らはいつでも理由は明かされないまま、指示された場所で、指示された任務を遂行するだけだからな」

ディックたちはその夜も命令に従い、フォート・ブラッグ基地から籠城の現場になっているサウスカロライナ州の山荘に急行した。だが、すでに軍の交渉人が立て籠もり犯と話し合いを行っていて、強行突入の必要はないと思われる情勢だった。

しばらくして犯人たちは、両手を挙げて次々に投降してきた。ディックたちは上官の命令で、中で怪我《けが》をしているという人質を捜すために、注意深く山荘に侵入した。人質の男は二階の部屋で怪我をして気を失っていた。

「チームのリーダーだったフランクから、担架を持ってこいと指示され、俺だけが建物から出た。その時だ。凄《すさ》まじい爆発音が起き、俺は爆風に吹き飛ばされた。俺の鼓膜は破け、飛び散ったガラスや木片が顔や手に突き刺さった。何が起こったのかわからず、俺は血だらけになりながら山荘を振り返った。……我が目を疑ったよ。山荘の二階部分がきれいに吹き飛んでいたんだ。跡形もなく、そこには最初から何もなかったみたいに……。三人は死んだ。身体もバラバラになって、誰が誰なのかわからないほどの、ひどい死に様だった」

ディックの声がわずかに震えていた。大人になってやっと手に入れた、家族とも呼べる大事な仲間。孤独の果てに得た安らぎ。ディックは一瞬にして、そのすべてを失ってしまったのだ。ディックが味わった苦痛の深さは、もはやユウトには想像さえつかない。

「いっそのこと、俺も一緒に死にたかったよ」

ユウトはたまらなくなってディックの腕を握った。ディックはユウトの手を摑《つか》み、大丈夫だというように小さく頷《うなず》いた。

「……でもどうして爆発が起きたんだ？」

「投降後の爆発は、ホワイトヘブンのリーダーの指示だった。リーダーはいち早く逃亡してその山荘にはいなかったが、電話で残った仲間に指示を与えていたんだ。用意していた時限爆弾を、投降直前にセットしろってな。証拠隠滅のためだと言ったらしいが、俺は奴が面白半分で、人質ごと仲間を吹き飛ばしたと思ってる。ホワイトヘブンのリーダー、コルブスはそういう残酷な心を持った男だ」

やはり、とユウトは暗い気持ちになった。そのカルト集団のリーダーこそが、コルブスだったのだ。

「常に死と隣り合わせの、危険な仕事だという覚悟はできていた。でもコルブスの卑劣なやり口は、どうあっても許せない。俺は入院生活を送りながら、悔しさと怒りにのたうち回った。どうにかしてコルブスを見つけ出し、復讐《ふくしゅう》してやりたいと心から願ったよ。けれど方法がない。やがて俺は失意のどん底に落ち、生きる気力をなくして軍隊も辞めた。ノエルたちのことを思い出しては、ただアルコールに溺《おぼ》れるような、自堕落な日々を送っていたんだ。……その後はお前と同じさ」

「俺と？」

「ああ。ＣＩＡからコンタクトを受けたんだ。ＣＩＡは数年前からコルブスを危険人物として、ずっと監視していたらしい。あいつは若者に危険思想を植えつけ、狂信的な集団を作り上げる手管に長《た》けた不気味な男だが、ただのカルト集団のリーダーじゃない。いくつものテロ組織と繋《つな》がっていて、資金提供や協力援助まで行っているんだ。原理主義テロ組織の奴らでさえ、アメリカへの入国や潜伏にはコルブスの助けを借りることがあるそうだ」

　ＣＩＡはホワイトヘブンの籠城事件後、忽然《こつぜん》と姿を消したコルブスを必死で探し続けた。ようやく彼がネイサン・クラークという男になりすまして、囚人としてシェルガー刑務所に潜伏しているという情報を入手した。そこでＣＩＡはディックをエージェントにスカウトして、ここに送り込んだのだ。

「ＣＩＡは俺の軍人としてのキャリアと復讐心を利用したかったんだろう。もちろん、俺にとっても渡りに舟だったがな」

　ユウトが何より驚愕《きょうがく》したのは、ＣＩＡがコルブスについて、相当量の情報を持っているということだった。ＦＢＩは同じ人間を追いながら、完全に出遅れている。ユウトがそのことについて言及すると、ディックはお得意の皮肉な笑みを浮かべた。

「CIAとFBIは常に対立関係にあるから、情報を共有していないのさ。むしろ相手を出し抜こうと必死だ。馬鹿げた話だな。九・一一の同時多発テロ事件でも、ふたつの組織はテロが起きる予兆を事前に察知していたのに、情報を隠し合ったため事件を未然に防げなかった。教訓なんてまったく生かされちゃいない。CIAがコルブスを血眼になって追うのも組織防衛のためだ。ここ何年もCIAは国防総省にやり込められ、九・一一やイラク侵攻での失敗の責任まで負わされている。ホワイトハウスのネオコンどもにも――いや、これはまた別の話だな。俺にもお前にも関係がない世界のことだ。俺はCIAがコルブス暗殺の許可を与えてくれるというから、契約エージェントになったまでだ。合法的に奴を葬れる資格が欲しかった」

ディックの目的はあくまでもコルブスへの復讐なのだ。仲間を殺された恨みを晴らすためだけに生きている。

「最初からコルブスを殺すつもりだったのか……?」

「そうだ。ただCIAからは条件を出された。できるだけあいつと接触して、情報を引き出せとな。奴の背後にいる組織、CIAはそれを知りたがっていた。俺はコルブスに気に入られて、一年がかりでそれなりの情報を入手することに成功した。渋るCIAをもう十分だろうと説得して、やっと暗殺許可を得たんだ。……だが、ようやくケリをつけられると思っていた矢先に、お前がやって来た。それでまたCIAから、暗殺にストップをかけられた」

「俺のせいで？　なぜだ」

「コルブスがホワイトヘブンの生き残りに度々のテロ行為を指示したせいで、ＦＢＩもコルブスの存在に辿《たど》り着いた。そのことを知ったＣＩＡは、お前がＦＢＩの捜査官じゃないかと疑い、俺に監視するよう命令してきた。ＦＢＩがどこまでコルブスに関する情報を入手しているのか、興味もあったんだろうな。俺はお前の態度から、ＦＢＩはコルブスを特定できるほどの確かな情報は摑んでいないと確信した。正直安心したよ。お前がもし俺の任務を邪魔する厄介な存在なら、何らかの処置が必要になったからな」

ユウトは合点がいく思いでディックの顔を眺めた。ディックの最初の態度が冷たかったのには、そういう理由があったのだ。

「じゃあ、俺がお前と同室になったのも偶然じゃないのか？」

「当たり前だ。ＣＩＡとＦＢＩの息のかかった人間ふたりが、偶然同じ監房に収監されるなんて、どう考えてもおかしいだろう？」

「だけどどうやって？　ＣＩＡはこの刑務所の内部の決めごとにまで干渉できるのか？　だったらわざわざお前を送り込まなくても、直接捕まえればいいのに」

「そうじゃない。ガスリーだよ。あいつはＣＩＡの協力者なんだ。看守部長のあいつが部屋割りを細工したんだ。ついでに言うと、スペンサーも協力者だ。彼が俺とＣＩＡの連絡係を務めていた」

「コルブスが俺に親切だったのにも意味があるのか？」

「ああ。あいつは新入りには必ず優しく声をかけて、どういう奴か自分の目で見極めていた。こそこそ動いているお前のことは、少し疑っていたようだ」

「……もしかして、リンジーの事件の時にお前が怒ったのは、そのせいか？」

「まあな。お前が見当違いな相手を追いかけても、その行動のせいでコルブスがお前の正体に気づくかもしれない。そうなったら、あいつに逃げられる可能性があった」

それであんなに苛立《いらだ》っていたのだ。ディックにとって自分は、さぞや迷惑で鬱陶《うっとう》しい存在だったのだろう。

「ネイサンがコルブスだなんて、まったく気づかなかった。すっかり騙《だま》されたよ。俺は彼を尊敬すらしていたのに」

「無理はない。正体を知っている俺でさえ、人格者の模範囚として暮らすあいつの姿には騙されそうになった。……まれに、ああいう男がいる。芝居じゃなく、本気で他人になりきれてしまう男がな。一種の多重人格者みたいなものだ」

ユウトは果てしない疲労感を覚え、立てた膝の上に頭を預けた。

「どうした？」

「力が抜けた。俺は完全な道化じゃないか。お前らの手の上で踊らされていたってことだろう？　俺はＦＢＩから与えられた数少ない情報だけを頼りに、躍起になってコルブスを捜し出そうとしていたんだ。自分の人生がかかっているから必死だった。なのにコルブスはすぐ右隣にいた。おまけに左側には、コルブスと自分を監視している男まで……。お前にすれば、俺はさぞや危なっかしくて、頭の悪い間抜けな男に見えていたんだろうな。情けなくて泣けてくる」

ディックは「落ち込むな」とユウトの髪の毛をくしゃっとかき乱した。ユウトは腹立ち紛れにディックの手を叩《たた》き落とした。

「誰のせいだよ」

「怒るなよ。CIAにはなんの恩もないが、契約して仕事を請け負った以上、俺にも秘密を守る義務がある。ましてやお前は立場的には敵も同然だ。これが俺の精一杯なんだ」

ディックの言う通りだ。ユウトに彼を責める資格はない。本当のことを話してくれただけでも、逆に感謝しなくてはいけないほどだ。

「……ネイサン、いやコルブスはあれからどうしただろう？」

「奴が大人しく刑務所にいたのは、そのほうが捜査当局に狙《ねら》われず、自分の身が安全だと知っていたからだ。暗殺者を差し向けられたと知った以上、当然逃走する。奴は所長と通じているから、今頃はまんまと外に出ているかもな」

ディックは気負いのない声で答えたが、ユウトは愕然とした。自分が邪魔したばかりに、ディックは一年がかりの仕事に失敗したのだ。いや、彼にとってこれは単なる仕事ではない。もっと重要な意味を持つ、それこそ自分の人生を賭《か》けた悲願でもあったのに。

「ディック、すまない。俺のせいだ。俺が邪魔したせいで、コルブスに逃げられた……」

青ざめるユウトに、ディックは「お前のせいじゃない」と首を振った。

「俺も少し慎重になりすぎていた。あいつがチョーカーに手をかけた時点でとっとと殺《や》っていれば、こんなヘマはしなかったのに。暴動が起きたら身動きが取れなくなるとわかっていたのにな。どうやら生温いムショ暮らしのせいで、すっかり勘が鈍ってしまったみたいだ」

ディックは自嘲《じちょう》気味に笑い、リュックの中から小さなラジオを取り出した。

「そのうち騒ぎが外に漏れて、ニュースでも中継が始まるだろう。過去の刑務所暴動のケースから考えて、おそらく最終的には暴動鎮圧のために州兵あたりが投入されるはずだ。俺もお前もBBに指名手配されているから、それまでここに隠れていたほうがいい」

ディックの意見に同意して、ユウトは壁にもたれかかった。疲れ果てた気分だった。ある程度の事情が飲み込めたことで、気が抜けてしまったのだろう。

「ユウト」

ディックに呼ばれ、ユウトは壁に頭を預けたまま振り向いた。

「俺は州兵が乗り込んできた時、騒ぎに乗じて脱獄する。外に出てコルブスを追うつもりだ」

ユウトは衝撃を受けたが、どうにか平静さを保ったまま「そうか」と呟《つぶや》いた。ディックなら上手《うま》く脱走できるだろう。きっと手配も整えているはずだ。自分が心配するまでもない。

「お前なら大丈夫だ。コルブスも見つけられる。……幸運を祈ってるよ」

ディックはコルブスと一年もの間、親しくつき合っていたのだ。その中で得た情報の中には、彼が潜伏しそうな場所や、背後にいる組織のことも含まれているのだろう。

「お前も一緒に来ないか」

ディックの目には熱情のようなものが浮かんでいた。

「え……？」

さすがにその言葉には驚きを隠せなかった。

「お前ひとりくらいなら、どうにか連れ出せる。お前はコルブスを見つけたが、奴に逃げられた。ＦＢＩが約束を守ってくれるかどうかわからないんだろう？　無実の罪で何年もここにいるのか？　ムショの中で人生を棒に振ることはない」

たたみ掛けるように言われ、ユウトは困惑した。

ディックと一緒に脱獄する——。

この上なく魅力的な申し出だった。けれどすぐに返事ができる内容ではない。ディックはここを出ればもとの自分に戻れるが、ユウトは自由と引き替えに脱獄犯という、さらなる汚名を被ることになるのだ。

「俺と一緒に行こう、ユウト」

強く誘われ、心が揺れた。ディックと一緒に行きたい。このまま彼と別れたくはない。脱獄でもいいから、一秒でも早くこんな場所からは離れて、心から自由になりたかった。

自由という甘い響きに、ユウトの胸は切ないほど弾んだ。しかし脱獄犯になってしまえば、家族にも会えなくなる。一生、怯《おび》えながら暮らすことになるのだ。果たしてそれで本当に自由になったと言えるだろうか?

――けれど拒めば、ディックを失う。もう二度と会えないかもしれない。

想いはめまぐるしく揺れ動いたが、ユウトは悩んだ末、苦渋の答えを出した。

「お前の気持ちは嬉しいけど、俺はここに残る」

「……それでいいのか?」

「ああ。でも俺だってこんな場所に長くはいない。俺にはコルブスと接触したというカードがあるから、FBIと頑張って交渉してみる。きっと上手くやってみせる」

ユウトがあえて楽観的に答えると、ディックは苦笑して頭を振った。

「どうした?」

「いや。自分の馬鹿さ加減が信じられなくてな。……お前が断ってくれて目が覚めた。心底ホッとしたよ」

ディックは自嘲するように口元を歪めた。

「ここから連れ出しても、俺はお前のそばについていてやれない。無責任すぎる誘いだった。忘れてくれ」

ユウトはすかさず「嫌だ」と首を振った。

「ユウト……?」

「俺は忘れないよ。お前が一緒に行こうって誘ってくれたこと、ずっと覚えている」

たとえ一時の思いつきでも、無責任な誘いでも、ディックの気持ちが嬉しかった。冷たく別れを告げられるより、数倍もマシだ。

「二度とお前に会えなくても、俺は一生忘れないから」

ディックは俯《うつむ》きながら、「ああ」とひとことだけ呟いた。


騒ぎが起きてから約四時間後、ラジオからシェルガー刑務所での暴動事件を報じるニュースが流れた。

『——黒人とラティーノの間でいざこざが起き、どうやらそれが全体の乱闘騒ぎに発展した模様です。囚人が暴徒化したため、刑務所側は緊急措置として監房棟を閉鎖しました。そのため、現在シェルガー刑務所のシステムは、完全に麻痺《まひ》している様子です。監房棟には数名の看守が取り残されていて、彼らの安否が懸念されています』

ディックはこの報道を聞き、州兵投入のタイミングが早まるかもしれないと感想を漏らした。

ふたりは食料を確保するために、倉庫で手当たり次第に缶詰や飲み物を集め、それらを部屋に持ち帰った。食欲はなかったが、ディックに食べられるうちに腹に入れておけと言われ、渋々昼食を取ることにした。

オートミールとスパムのランチョンミートをヤカンで煮たディックお手製のお粥《かゆ》は、容器がコーヒーカップだったのはいただけないが、味自体はそれほど悪くなかった。

「アウトドアな気分になるな。これで寝袋があれば完璧《かんぺき》だ」

ユウトが軽口を叩くと、ディックはティスプーンでお粥をすくいながら薄く笑った。

「陸軍時代の野営を思い出す」

「俺は子供の頃のサマーキャンプだな。毎年、夏になると父親に無理やり参加させられて、辟《へき》易《えき》したよ。団体行動が大の苦手だったから」

ディックは不思議そうな顔でユウトを見た。

「お前は協調性があるのにな」

「そう見えるだけさ。上辺だけならそつなくつき合えるけど、深いつき合いは苦手だ。だから他人とはなかなか親密になれない。昔から友達や恋人をつくるのが下手だった」

「恋人がまったくいなかったわけじゃないんだろう？　最後につき合ったのは？」

「二年くらい前かな。ポールの紹介で美人のブルネットとつき合ったけど、三か月で振られた。あなたって仕事のほうが大事なんでしょ、退屈な人ねって」

ディックは片眉《まゆ》をわずかに吊《つ》り上げ、同情するように軽く首を振った。

「仕事と私のどっちが大切なの、は女の常套句《じょうとうく》だな。どうして比べたがるのか、俺にはまったくわからん。パンと水のどちらかを選べというようなもんだ。どっちも必要なのに」

「お前はそういう嫌みを言われた経験はないのか？　俺より仕事のほうが好きなのかって」

ユウトが冗談っぽく聞くと、ディックは真面目《まじめ》に「ないな」と答えた。

「ノエルには逆に、いざという時は俺よりも任務を選べと何度も言われた。特殊な仕事だから、私情を持ち込むなって意味だったんだろうが」

ディックの口からノエルの名が上がるたび、ユウトの胸は秘かに痛んだ。

「彼以外につき合った相手は？」

「寝るだけの相手は何人かいたが、恋人と呼べる相手はノエルが初めてだった。俺はノエルに出会うまでは恋愛感情がどういうものか、よくわからなかったんだ。彼にはいろんなものを教えられたよ」

何を聞いてもディックの答えはノエルに終始する。ディックが彼を褒め称えるたび、別に比べられているわけでもないのに、自分自身を否定されているような気分になった。

理由はわかっている。ディックが好きなのだ。友情以上の気持ちで、強く惹《ひ》かれている。いつからなんて知らないし、どうしてかなんて関係ない。認めたくなくても、それは歴然とした事実なのだ。自分はゲイではないが、間違いなく恋愛感情からディックを求めているし、心の中で彼からも求められたいと願っている。

ユウトは気持ちを切り替えたくて、別の話題を口にした。

「……ここを出て次にコルブスを見つけたら、彼を殺すのか？」

「ああ。俺はそのために生きているようなものだからな」

微塵《みじん》の迷いも感じられない声だった。

「一年も彼と親しく接していて、気持ちは鈍らなかったのか？　俺の目には、お前と彼は本当に仲よさそうに映っていた」

「あいつを油断させるために演技していたんだ。殺気を漂わせれば気づかれるからな。あいつが人格者のネイサンを演じていたように、俺もネイサンだけに気を許す、ディックという男を演じていたにすぎない」

憎しみを淡々と抑え込み、殺そうとしている相手と友達になれる意志の強さ。凄まじいとしか言い様がなかった。

「人殺しも平気な俺を、お前は軽蔑《けいべつ》するか？」

ユウトは力なく首を振った。コルブスに恋人と仲間を殺されたディックの無念を思うと、彼の進む道を非難する気にはならなかった。それにディックは軍人時代、任務で人を殺しているはずだ。倫理観だけで彼を糾弾するというなら、正義の名のもとで行われた数々の殺人も、その命令を下した国家ごと非難されるべきではないか。

「軽蔑はしない。俺にそんな資格はないからな。……でも、もしできることなら、お前にはこれ以上、人を殺してもらいたくないと思っている。人の命は重いだとか、罪だからとか、そういうんじゃなくて……。誰かを傷つけるたび、お前の心まで傷つく気がするんだ」

言いながらユウトは自分にうんざりした。そんなのはきれいごとだ。ディックの気持ちを本当に理解しているなら、くだらない偽善は口にすべきではない。ディックは自分が傷つくことなど、まったく恐れていないのだから。

ディックは何も言ってくれない。お前に俺の何が理解できるんだと、無言で責められている気がして、重い沈黙が気詰まりだった。息苦しさを覚え、ユウトは立ち上がった。

「どこに行くんだ?」

「ちょっと倉庫を見てくる。夜は冷えるだろうし、何か毛布代わりになるものでも――」

ディックに手を摑まれ、ユウトの言い訳は途切れた。

「行くな」

「……す、すぐ戻るよ」

「駄目だ」

強く腕を引っ張られ、ユウトはバランスを崩して倒れ込んだ。ディックの膝に跨《またが》るような格好で、腰を落としてしまう。

「いきなりなんだよっ」

「ここにいろ。いて欲しいんだ。俺から離れないでくれ」

真顔で言われ、ユウトは狼狽《ろうばい》した。またからかわれているのかと思ったが、ディックはあくまでも真剣な瞳で自分を見ている。

ディックの手がそっと伸びてきた。大きな手で両頰《ほお》を包み込まれ、ユウトの心拍数はさらに高まる。

「ユウト……」

ディックの手に顔を引き寄せられ、額と額が触れ合った。顔の位置はユウトのほうが少し高い。ディックはユウトを見上げ、もどかしそうにユウトの黒髪をかき上げた。

「俺と一緒にいてくれ。お願いだ……」

らしくない言葉。切なげな目。熱い吐息。ディックの抱える葛藤《かっとう》が自然と伝わってくる。簡単に理解できてしまうのは、ユウトも同じ衝動を持っているからだ。

触れ合いたい。感じ合いたい。そんな男の欲望は前触れもなく、些細《ささい》なことで瞬間的に最高値に達する。たとえば相手の表情や視線の動き、何気ない言葉、声の調子、匂い、肌の色。自分の何かが彼のスイッチを押したのだ。

ディックに求められているのだと思うと、ユウトは自分を押し止められなくなった。ディックの鼻筋に唇を落とし、躊躇《ためら》いがちなキスをする。

「……ユウト。誘惑するな。俺はもう限界なんだ」

ディックのかすれた声に欲情を感じる。自制心など捨て去って欲しかった。焦れったくなり、今度は唇にキスをした。

「ユウト……」

「俺も限界だってことがわからないのか？」

切なく訴えるとディックは驚きの表情を浮かべ、小さく頭を振った。

「お前はゲイじゃない。俺に流されてるんだ。……きっと後悔する」

「確かに俺はゲイじゃない。今まで男と寝たいなんて、一度も思ったことはないからな。でもお前を欲しいと思う。お前に触れたいし、触れて欲しいと思う。なぜなら、お前が好きだからだ。それだけじゃあ駄目なのか？　俺はお前に相応《ふさわ》しくないか？」

かき口説くように言うと、ディックは壊れ物に触れるような手つきでユウトの頬を撫《な》でた。

「相応しくないのは俺だ。今の俺はお前に何も言ってやれない。なんの約束もできない。こんな俺にお前を抱く資格なんてない」

資格という言葉にユウトは考えた。ディックはノエルの面影を心に残したままでユウトを抱くことは、相手に対して不実だと感じているのではないだろうか。

「俺は何もいらないよ。約束も求めたりしない。今だけでいい。今だけ、ここにいる間だけ、俺のことを想ってくれ。それで十分だから」

今日と同じように、ふたりが明日も元気に生きていられる保証など、どこにもないのだ。ディックと一緒にいられる時間は残り少ない。だからこそ、今感じているこの想いは、今この瞬間に分かち合いたかった。

「建前や言い訳は聞きたくない。躊躇いや迷いも邪魔なだけだ。お前が少しでも俺を好きだというなら――俺を抱けよ、ディック」

ユウトのストレートな誘いに、ディックは絶句した。

「ゲイじゃない俺にここまで言わせて、今さら嫌だなんて言わないよな？」

「……お前には負けた。俺なんかより、よっぽど男らしいな」

迷いを捨てたディックが激しく口づけてきた。ユウトも同じだけの激しさで応える。ディックの巧みで情熱的なキスに、ユウトは深く溺れた。

舌を絡め合いながら、ディックの髪を束ねていたゴムを奪い去ると、眩《まばゆ》い金髪がはらりと落ちた。そうすると、美しい男がよりセクシーに見える。ユウトはディックの髪に指を埋め、かき上げ、撫でつけ、手触りを好きなだけ楽しんだ。

長いキスが終わると、ディックにシャツを脱がされた。

「お前の肌は本当にきれいだな。触り心地もよくて、ベルベットのようだ」

うっとりとした顔でディックが肌に触れてくる。ユウトの唇は勝手に弛んだ。

「なんだ？」

「前は象牙のようだと言って、俺をからかった」

ディックも笑い、「参った」とユウトを抱き締めた。

「お前の記憶力には降参するよ。……でもからかったんじゃない。からかうふりで本音を言っただけだ」

「俺を邪魔なＦＢＩ野郎だと思っていたのに？」

「頭ではそうでも、感情はまた別だ。俺の気持ちを乱すお前が、いつも小憎らしかったよ」

ディックは喋《しゃべ》りながら首筋から肩、そして胸へとキスの雨を降らしていく。ユウトはディックの腿に跨りながら、甘やかな刺激に上体を仰《の》け反《ぞ》らせた。

ディックの唇が触れる場所すべてが、ユウトの性感帯だった。乳首を吸われると腰の奥がジワッと熱くなり、股間のものまで熱を帯びてくる。胸でそんなふうに感じるのは初めてで驚いたが、ディックの愛撫《あいぶ》に素直に反応する自分の身体が愛《いと》おしかった。

ユウトを横たえてズボンと下着を脱がせると、ディックはごく自然に股間に顔を埋めた。けれどユウトはすかさず彼の頭を押しのけた。

「いけない。口でするのは危険だ。まだＨＩＶ感染の可能性がないとは言い切れない」

「お前は大丈夫だ。絶対に感染していない。俺が保証してやる」

ユウトはディックの熱意に負けた。しかし口腔射精は危険なので万が一のことを考えて、絶対に最後まではするなと釘《くぎ》を刺した。

ユウトが身体の力を抜くと、ディックは張り詰めた昂ぶりを口腔に収めた。熱い粘膜に包まれたかと思ったら、柔らかな舌がねっとりと絡みついてきて、泣きたいような快感に襲われる。

「あ……ん……っ、ディック、ああ……」

甘い声を漏らしながら、ユウトはディックの熱心な舌戯に瞬く間に高められた。

「ディック、もう放せ……、駄目だって……っ！」

髪を摑むとディックが渋々というように顔を上げ、最後は手でユウトを追いつめた。

「あ……――」

仰け反って、ディックの手に白濁をあふれさせる。快感の余韻に浸り、ぼんやりと息を弾ませていると、ディックが自分のシャツで汚れを拭ってくれた。呼吸が落ち着いてから、ユウトは寝転がったまま、ディックの股間に手を伸ばした。

「俺にもさせてくれ」

無理するなと苦笑されたが、ユウトは強引にディックの前を開いた。下着の中でディックの雄は完全に勃起している。

「無理してるのはお前だろ。こんなになってるくせに、何もしなくていいだなんて」

「ユウト。本当にいいんだ。別に俺は……」

「うるさい」

下着をグイッと引き下ろすと、ディックのものが目の前に現れた。その長さと大きさに一瞬怯《ひる》みそうになったが、ユウトは思いきって深く咥《くわ》え込んだ。

半分ほどしか口腔に収まらないが、ディックに喜んで欲しい一心で、自分がそうされたように彼のものを熱心に舐めた。なめらかな薄い皮膚は舌触りがよく、心配していたような嫌悪は感じない。

夢中で唇を動かしていると、ディックの手が背中から尻へと移動してきた。割れ目から睾丸の間を指でソフトに愛撫されると、あやしい快感に背筋がブルッと震えた。

ディックが自分の指を舐め、狭い入り口をそっと撫でた。

「ディック……」

くぐもった声でストップをかけたが、ディックの濡《ぬ》れた指はスルッと中に入ってきた。反射的に括約筋が反応し、内部がディックの指を物欲しそうに締めつけてしまう。ディックに感嘆するような息を吐かれ、急に激しい羞恥《しゅうち》が湧き上がった。

「そこは嫌だ……」

「そっと触るだけだ。痛くなんかしない。……腰を持ち上げて」

逃げだしたくなるほど恥ずかしかったが、ディックの望みを叶《かな》えたい一心で、ユウトは尻だけを高く上げた。ディックの指がさらに奥まで潜り込んできて、クチュクチュと潤んだ粘膜を探り出す。

「あ、ディック……っ」

中で蠢《うごめ》く感覚に誘われ、腰の奥から熱い快感が疼《うず》きとなって湧いてくる。

さっき果てたばかりなのに、また射精感が募ってきて、自分の身体はどうなっているんだと訝《いぶか》しく思うほどだった。

ディックの指にそこを優しく解《ほぐ》されていると、警戒心と恐怖心が消えていく。ユウトはきっと大丈夫だと確信し、身体を起こしてまたディックの足に跨った。

自分の唾液で濡れたペニスを摑み、そこにあてがうと、ディックのほうが狼狽《うろた》えた。

「おい、何してるんだ。そういうつもりで触ったわけじゃないぞ」

「そうなのか？　こうするのが自然なのかと……。そっとなら平気だよ。ゆっくり挿《い》れるから」

ディックが途方に暮れた顔でユウトを見つめた。

「ゆっくり挿れて、その後どうするんだ？　俺が無茶苦茶に腰を使えば、またお前の身体は傷つく。俺だって興奮したら、自制できなくなるんだぞ」

「……お前は俺を傷つけたりしないよ」

そうは言ったが、ディックには残酷だろうかと思った。挿れてもいいが、動いてはいけないと意地悪を言っているようなものだ。

「ごめん、ディック。お前が嫌ならいいんだ。ただ、こうしたほうが、お前が喜んでくれる気がしたから……。やっぱりよそう」

罪悪感が湧いてディックの上からどこうとしたら、腰を摑まれた。

「お前な。その気にさせておいて、それはないだろう？　……わかった。なるべく動かないよう努力する。だから来てくれ。俺だってお前が欲しくて、頭がおかしくなりそうなんだから」

チュッとキスされ、ユウトはホッとした。ディックの同意を得たのでまた腰を沈め、さっきの続きを再開した。しかし唾液だけでは滑りが悪いのか、思うように入らない。それにどうしてもいざとなると、身体が強《こわ》ばってしまうのだ。

ユウトは深呼吸して、リラックスを心がけた。ディックも協力するように、優しく身体を撫でてくれる。次第にそこが緩んできて、一番大きな亀頭の部分がツプッと中に潜り込んだ。あとはそれほど苦労せず、根本まで受け入れることができた。

けれどやっぱり痛みと圧迫感があって、眉根に皺《しわ》が寄ってしまう。

「苦しいだろう？　無理するな」

浅い息を繰り返していると、ディックが慰めるようにキスを与えてくれた。ディックも挿入した状態でお預けを食らい、辛いはずなのに。

彼の優しさに胸が熱くなったユウトは、じっとしていられず、痛みをこらえて腰を揺らし始めた。抜き差しさえしなければ、苦痛の度合いはあまり変わらない。

根本まで咥え込んだ状態で腰をくねらせると、ディックが呻《うめ》くように「ああ」と声を上げた。

「夢みたいだ。お前が俺の上で腰を振ってるなんて」

「……俺とセックスするところ、想像したのか？　白状しろよ」

キュッと括約筋を締めると、ディックがまた呻いた。なんだか自分が男を手玉に取る、性悪な女にでもなった気がしてくる。

「した。俺のコレを根本まで受け入れて、お前が『いい、もっと』って腰を振って可愛くねだるんだ。いつもツンとすましたお前が、俺に抱かれて乱れる姿を想像すると、俺の息子はエアバッグみたいに一瞬でガチガチになった。お前が寝た後に二階のベッドで、何度こっそり抜いたことか」

誇張しているとわかったが、ディックの台詞には悲しくも哀れな男の性が滲み出ていて、妙におかしかった。

「こら、笑うな。お前も一緒に興奮しろ」

「いい、俺はもう……んっ」

大きな手でリズミカルにペニスを扱《しご》かれると、ユウトの欲望にまた火が灯る。また自分だけが達《い》かされてしまうと思い、ユウトも負けじと深く結合した態勢で身体を揺らした。

ユウトの動きに合わせるようにして、ディックの手も上下する。夢中になっていると、いつの間にか痛みは消え失せていた。それどころか内奥がジンジンと疼き、ディックと繋がっていることが心地よくなっている。

「ディック……また出そうだ」

「さっきから、たっぷり出てるぞ。濡れすぎだ」

からかうように言われ、ユウトの頬は熱くなった。本当に先走りの透明な雫《しずく》が、ディックの

指を濡らすほどあふれている。こんなふうになるのは、初めてのことだった。

「後ろも気持ちよくなってきたのか？」

素直に頷くと、動いてもいいかと問われた。いいと答えると、下から小刻みに突き上げられた。痛みはなく、強烈な快感が腰を甘く痺《しび》れさせていく。

「ディック、もう……、駄目だ、達く……っ」

「俺もだ。お前の中がよすぎて、これ以上、我慢できない……」

後ろと前を同じリズムで責められると、駆け上がっていくような、落ちていくような、意識がかすむほどの絶頂感に襲われる。これまでのセックスで、一度として感じたことがない激しい快感だった。

「はぁ……ん……、ああ……っ」

ユウトが仰け反りながら放った瞬間、ディックもユウトの中で欲望を弾けさせた。狭い部屋に、ふたりの乱れた呼吸の音だけが響いている。

興奮の波が引くと、ユウトはディックの肩に抱きついた。ディックも強く抱き締めてくれる。

「大丈夫か。痛くないか？」

「平気だ。……しばらくこうしていてもいいか？」

甘えるように頬をすり寄せると、ディックは「いくらでも」とユウトの髪を手ですいた。

ディックの温もりに包まれていると、身も心も弛緩していく。

ようやく本当のディックを捕まえられた。遠かったディックの心に、やっと触れることができたのだ。

ユウトの胸は大きな満足感に満たされていた。

行為の後も繋がっていたせいで、ディックのペニスはユウトの中で再び硬度を取り戻した。ディックはユウトを気づかって自身を引き抜こうとしたが、ユウトのほうが拒んでそうさせなかった。

「ビギナーのくせに無理するな。後が辛いぞ」

「辛くてもいい。もっとお前を感じたいんだ。一度なんかじゃ満足できない」

普段なら口にできそうにない際どい言葉だが、ふたりに残された時間は少ないのだ。ユウトは恥じらいを捨て去って、素直に今の気持ちを訴えた。

「俺がお前を忘れないように、何度でも抱いてくれ。ディック、お願いだ」

ディックは嘆息して、両手でユウトの髪をかき上げた。

「……あんまり喋らないでくれ。お前が何か言うたびに、俺は骨抜きにされてしまう」

「ディック・バーンフォードを骨抜きにできるなんて、光栄だな」

ユウトが微笑《ほほえ》むとディックも笑い、自然と唇が重なり合った。戯れるように唇をついばみ合い、味わうように舌をゆっくりと絡め合う。お互いに一度、達した後なので、性急さはもう消えていた。

「後ろ、向けるか」

ディックに囁《ささや》かれ、ユウトは頷いた。腰を浮かして繋がりを解き、ディックに背中を向けた恰好《かっこう》で腿に跨る。ディックのものを再び迎え入れようとしたら、さっきのセックスの残滓《ざんし》が中からあふれてきた。それが潤滑剤代わりとなって、最初のセックスよりすんなりディックを受け入れることができた。

「これでいいのか？」

「ああ。お前は何もしなくていい。俺にもたれかかっていろ」

ディックの唇でうなじや肩を情熱的に愛撫される。さらに右手でペニスを、左手は胸の尖《とが》りを刺激され、ユウトはディックの膝の上で身悶《みもだ》えた。

「ディック、俺だけなんて嫌だ……。お前も一緒に感じて……」

「感じてる。じっとしていても、お前の中が俺を心地よく締めつけてくるんだ。たまらないよ」

そうは言っても男なら、激しく抽挿したいという欲求はあるはずだ。病み上がりのユウトの身体を傷つけまいと、ディックは我慢しているに違いない。

ディックをもっと感じさせてやりたい。自然にそう思い、ユウトは腰を上下に動かし、ディックの雄をゆるやかに刺激した。

ディックが小さく呻き、ユウトの腰を押さえた。

「気持ちいい？」

「ああ。でも無理しなくていい」

「無理じゃないって何度言えばわかる。したいんだ……」

抜き差しを繰り返すほどさっきの白濁が滲み出てきて、濡れた音がする。その音に興奮を煽《あお》られ、ユウトは無心で身体を揺らし続けた。

お返しだとばかりに、ディックは右手で濡れたペニスを扱き、左手でその下の袋を握り込んだ。大きな手の中で、固いふたつの芯が擦り合わされる。

「ん……ディック……、嫌だ……」

「何が嫌なんだ。こんなに感じてるのに……」

よすぎて嫌だとは言えなかった。強すぎる快感を与えられ、ディックを受け入れている部分がヒクヒクと収縮するのが自分でもわかる。恥ずかしいと思うのに、その恥ずかしささえ歓びに変わってしまう。

「あんまり触るな……、おかしくなる……」

首を打ち振って訴えると、ディックが背後から耳朶《じだ》を噛んだ。

「おかしくなっていい。……お前をめちゃくちゃに乱してやりたいよ」

荒い吐息が鼓膜をくすぐる。首を曲げ、ディックの唇を求めた。舌先を絡めながら、ふたりして甘やかな愉悦へと落ちていく。

興奮のままがむしゃらになるセックスではなく、愛情を伝え合うような穏やかな営みは、午後の心地よいまどろみにも似て、ユウトの心身を甘くとろけさせた。

もはや達することが目的ではなくなっていた。ユウトとディックはインターバルを置いて、長い時間、愛し合った。目が合ってはキスをして、キスをしては手を握り合う。殺伐《さつばつ》としたこれまでの生活が嘘《うそ》のような、やるせないほど幸福な時間だった。

「やっぱりきれいにベッドメイクされた、大きなベッドの上がよかったな」

疲れたユウトがディックの膝を枕にして休んでいると、意味不明の言葉が落ちてきた。ディックはズボンだけを穿《は》いた格好で、壁に背中を預けている。

外は大騒ぎになっているというのに、ここは静かだった。世界に取り残されたような、それでいてここが世界の中心のような、不思議な感覚に包まれる。

「何が?」

ユウトが聞くと、ディックは「お前を初めて抱く場所だよ」と至極当然のように答えた。

「まさかこんな汚い部屋の段ボールの上で、お前と寝ることになるなんて」

「意外とロマンチストなんだな」

ユウトが笑うと、「男はみんなそうだろ」と耳朶を引っ張られた。

「……ディック。外に出たら、少し休んだほうがいい。一日でもいいから休暇を取って、のんびり過ごせよ。海にでも行くといい」

ここを出たら、ディックがそのままの勢いでコルブスを追いかけていきそうな気がして、少し心配になった。

「海か……。そうだな。もう長いこと見ていない」

「みんなと買ったビーチハウスはどこにあるんだ。もう売ってしまった？」

「いや、まだそのままになっている。場所はウィルミントンという町にある、キュアビーチって場所だ。白い砂浜がきれいで、景色も素晴らしかった。……でもあそこにはもう行かない。ひとりで行ってもしょうがないからな」

ユウトはディックの手をそっと握った。恋人や仲間と過ごした場所に、ひとりで帰るのは辛いことだ。楽しかった日々の思い出だけが蘇《よみがえ》り、きっとやりきれなくなる。

「ディック。もしよかったら、お前の本名を教えてくれないか」

身体を起こし、ディックと向き合った。ディックは静かに首を振った。

「言うことはできないんだ。許してくれ」

ＣＩＡの契約エージェントだからという理由もあるだろうが、それだけではないと直感した。

ユウトに素性を明かしたくないのは、ディックがふたりの関係はこれから始まるものではなく、ここで終わるものだと考えているからだ。

「……もし俺が運良くここから出られて、お前に会いたいと思った時はどうすればいいんだ」

「会わないほうがいい。俺はこの先、どうなるのかわからない。お前にはどんな小さな約束さえ、してやれないんだ。俺のことは忘れろ。それがお前のためだ」

ディックを冷たいと責めることはできなかった。身体を重ねる前に、ユウトはそれでもいいと言って、ディックを求めたのだから。

『俺は何もいらないよ。約束も求めたりしない。今だけでいい。今だけ、ここにいる間だけ、俺のことを想ってくれ。それで十分だから』

自分はコルブスに復讐するためだけに生きているとディックは言った。なら、もしそれが果たされた後、彼はどうするのだろうか。

できることなら、自分のための第二の人生を踏み出して欲しいと、ユウトは心から願った。相手は自分でなくてもいいから、ノエルを愛したようにまた誰かを愛して、幸せな日々を過ごして欲しい。

ユウトはディックの肩にもたれかかった。言いたいことは山ほどあるが、何を言ってもディックを辛くさせるだけのような気がして、言葉にはならなかった。

こめかみに優しいキスを感じた。顔を上げると、ディックの瞳と目があった。

「少し眠れ。疲れただろう」

背中を抱かれ、ユウトは目を閉じた。

この夜が永遠に続けばいいのに、と心の中で願いながら。

12

「起きろ、ユウト」

肩を揺すぶられパッと目を開いたユウトは、自分の顔を覗《のぞ》き込んでいる男を見てギョッとした。驚きのあまり、自分がいつもの監房にいるのかと勘違いしたほどだ。

「俺だ、ディックだよ」

ディックが黒いサングラスを外し、寝ぼけたユウトを笑った。

「驚かせないでくれ」

ユウトがびっくりするのも当然だった。ディックはどこから調達してきたのか、看守の黒い制服を着用していたのだ。靴も帽子もちゃんと揃っている。

「どこからそんなものを?」

「最初からリュックに入ってた。ガスリーに頼んで、脱走用に前もって準備させておいたんだ。……もうすぐ州兵が突入してくるぞ」

その言葉にユウトは仰天して立ち上がった。

「もう? 今、何時だ?」

「朝の七時だ。中に取り残された看守の人数が多いのと、囚人たちの暴動がいっこうに収まらないことで、突入が早まったみたいだ。ラジオでも実況中継が始まっている」

ディックの言葉通り、ラジオからはシェルガー刑務所暴動事件のニュースが流れていた。

『――シェルガー刑務所は千名を超す州兵に包囲され、非常に緊迫した状況が続いています。受刑者たちは警察の投降勧告には従わず、捕虜となった看守五名を解放する気配もいっこうにありません。監房棟のあちらこちらからは煙も上がり、中の様子は一体どのような――あ、待機していた州兵に動きが見られました！　各棟の入り口に向かっています。どうやら強行突入が始まる模様です！　繰り返します、武力鎮圧が開始――』

ディックがラジオを切った。囚人服を突っ込んだリュックを肩にかけ、ユウトを振り返る。

「ユウト。もう行くよ」

とうとうその時が来てしまった。ディックとの別れの瞬間が。

「ディック……」

何か言いたいのに胸がいっぱいで声が出ない。

「お前と出会えてよかった。どこにいてもお前の幸運を願っている」

背骨が軋《きし》むほどの力で抱き締められ、ユウトは震える吐息を漏らした。

「俺もだ……」

ディックは抱擁《ほうよう》を解くと、ユウトの唇を奪った。激しい口づけがやるせなくて、胸が引き裂かれそうに痛む。

「……お前を連れていきたい。放したくない」

キスの間に苦しげな声で言われ、涙が出そうになった。ディックも自分と同じで、別れが辛いのだ。この胸の痛みは自分だけのものではない。

「俺だって一緒に行きたい。でも駄目だ。それはできない」

「ああ、わかってる。ただの我儘《わがまま》だ」

たとえ今、ディックと一緒にここを出ても、すぐに別れがやって来る。ディックはユウトの手助けをした後で、コルブスを追うために自分の前からいなくなるだろう。

きりがない激しい口づけを無理やり終わらせ、ディックが感傷を断ち切るように、サングラスをかけ直した。

「お前はしばらくはここにいろ。騒ぎが収まるまで外に出るな。……それと、最後にひとつだけ。FBIとは強気で交渉しろ。お前は自分が思っている以上に、コルブスに関する情報を手に入れている。あいつはネイサンになりきるあまり、お前の前でいくつかボロを出した」

「どういう意味だ?」

「あいつが得意げに語った刑務所の現状だ。刑務所の抱える闇の向こうにコルブスはいる」

ドアを開けたディックに、ユウトは思わず叫んだ。

「待ってくれ、ディック……っ」

ディックが振り返る。けれどサングラスに阻まれ、もう彼の青い瞳は見えない。いっさいの感情が読めない。

いつかまた、会えるだろうか。俺たちは出会うことができるだろうか。

そう聞きたいのをこらえ、ユウトは笑みを浮かべた。

「どんな時も、お前の心が安らかであることを祈っている。お前の幸せを……」

ディックは頷いて、ドアを開けた。外に誰もいないことを確認すると、振り返ることなく飛び出していった。

ユウトは閉ざされたドアに歩み寄り、両手をついてうなだれた。

胸に大きな穴が空いたような喪失感を味わいながら、どうかディックが無事に脱出できるようにと切に祈った。

今のユウトにできることは、それ以外何もなかった。


シェルガー刑務所の大暴動は州兵の投入により、三時間後には完全制圧された。

死者八名、負傷者三百名以上という数字は、一九七一年にニューヨーク州のアッティカ刑務所で起きた史上最大の刑務所暴動に次ぐものだが、他の刑務所に飛び火した乱闘騒ぎも含めると、死傷者の数はさらに増えそうだった。

この事件であらためて刑務所での人種分離収容の是非が問われ、遠隔操作できる催涙ガス装置などの最新セキュリティシステム導入の必要性などが、新聞やニュース番組で大きく取り沙汰《ざた》されたが、刑務所側にとっては壊滅的な被害を被り使用不可能となった西棟の囚人を、どこに収容するのかが当面の問題だった。

緊急措置として補修工事が終わるまでの期間、約二百名を東棟に、残りの約千名は周辺の州刑務所、郡刑務所、連邦刑務所に分散させて収容することが決定した。翌日から、毎日大量の囚人護送バスがシェルガー刑務所にやって来た。

受け入れ態勢の整った刑務所に向けて、次々に囚人たちが運ばれていく中、ユウトはFBI捜査官のマーク・ハイデンの訪問を受けた。囚人の面会には看守の立ち会いが義務づけられているのだが、どういう手を使ったのか面会室には、ハイデンと彼の部下の姿しかなかった。

皺ひとつない高級スーツを着たハイデンは、鼻につく気障《きざ》な笑みを浮かべて、悠然とユウトを待ち受けていた。

「大変な騒ぎで驚いたよ。でも君が無事で本当によかった。元気な顔が見られてホッとした」

上辺だけの気づかいが不快だった。ハイデンがユウト自身の安否ではなく、捜査に支障が出ることを心配していたのは明白だ。

本題であるコルブス捜索の進展状況を尋ねられると、ユウトは前もって用意しておいた言葉をハイデンに突きつけた。要約すると、ユウトの語った言葉は以下のような内容だった。

コルブスが誰かわかった。けれどコルブスは他人になりすましていたので、彼の本名や素性まではわからない。コルブスを追ってCIAのエージェントも、自分と同じようにこの刑務所に潜入していた。彼はコルブスに関する情報をかなり持っている。コルブスは暴動の騒ぎに乗じてここから逃げ出したが、CIAの男も彼を追って脱走した。行方は共に不明――。

顔色をなくしたハイデンに、なぜすぐに知らせなかったと厳しく詰問されたが、ユウトはすべてが明らかになったのは暴動と同時のタイミングだったので、そんな余裕はまったくなかったと答えた。もっと詳しい情報を要求するハイデンに対し、ユウトはきっぱりと首を振った。

「断る。ミスター・ハイデン、取引をしよう。情報は俺の出所と引き替えだ。ここから出られたら、俺の知っていることはすべて話すよ」

「レニックス、すぐには無理だ。いろいろと手続きもあるし――」

「応じる気になったら、また来てくれ」

一方的に話を打ち切って、ユウトは面会室を出た。FBIが食いついてくるか、ガセだと思って無視してくるか、ユウトには見当もつかない。結果は運任せだった。

「ユウトっ」

中央棟を出て西棟の廊下を歩いていると、ミッキーが駆け寄ってきた。顔に大きな痣《あざ》ができているが、ミッキーは怪我もなく元気だった。暴動が起きた時、ユウトを心配して西棟を走り回ってくれたらしい。

「俺の行き先が決まった。サンクエンティン刑務所だ。今日のバスで出発する」

「サンクエンティンか。ここから一番近い刑務所だな」

「ああ。娑婆《しゃば》の空気もゆっくり吸えやしねぇ。……元気でな」

手を差し出され、ユウトはミッキーと強く握手した。ユウトは東棟に移ることになっているので、皆を見送る立場だった。

「ミッキー。いろいろとありがとう。お前の明るさには、いつも救われる思いがしたよ。向こうでも頑張ってくれ」

「ああ。また商売は一からだが、抜け目なく立ち回るよ。……しかしネイサンとディックの野郎、上手いことやりやがったな」

州兵突入の混乱時に相当数の囚人が脱走を試みたが、彼らはことごとく拿捕《だほ》され、刑務所に連れ戻された。ただしディック・バーンフォードとネイサン・クラークの二名を除き。

囚人たちは仲のよかったふたりが、示し合わせて上手く脱獄したのだろうと囁き合った。彼らならきっと逃げおおせる、たいした奴らだ、と称賛する男たちも少なくはなかった。

「捕まらないといいけど。……あいつら今頃、どうしてるのかな」

しんみりとした声でミッキーが呟く。ユウトはミッキーの肩を叩いた。

「元気でいるさ。あのふたりなら心配ない」

「そうだな」

大きく頷いたミッキーを見て、ユウトは複雑な気分を味わった。ミッキーにとってネイサンは、ずっとこの先も尊敬すべき素晴らしい男のままなのだろう。

ユウトはネイサンの穏やかな笑みを思い浮かべ、自分もできることなら彼の本当の姿など知らずにいたかったと、心の片隅で考えてしまった。

ミッキーと別れ、ユウトはCブロックに足を向けた。建物の中にはまだ焦げ臭い匂いが漂い、撒《ま》き散らかされた消火器の粉が至る所に白っぽく残っている。

ユウトはネトの監房の中を覗き込んだ。ネトはひとりベッドの上に腰かけ、本を読んでいた。

「ネト。ちょっといいか？」

ユウトが声をかけるとネトは顔を上げ、仕草でベッドに座るよう伝えてきた。

「怪我の具合はどうだ？」

「問題ない。これくらい屁でもないさ」

ネトはBBたちとやり合った時に、足を負傷していた。骨にヒビが入ったそうだが、松葉杖を使って普通に暮らしている。刑務所にとって一番の危険因子だったブラック・ソルジャーの大半は、真っ先に他の刑務所に移送されたので、今のところ囚人同士の対立は表立って見られず、所内は落ち着いた雰囲気を取り戻していた。

「トーニャは？」

「娯楽室でシスターたちとお別れパーティーをやっている。お前も後で顔を出してくれないか。

あいつも喜ぶ」

トーニャは明日のバスで、連邦刑務所に移送されることになっていた。

「わかった。……離ればなれになるの、心配だろう?」

「いや。連邦刑務所は州刑務所と比べれば天国だ。それに向こうにも俺の仲間はいる。あいつが困るようなことはないだろう」

そうは言うが、ネトの顔はどこか寂しげだ。本当はトーニャのことが気がかりなのだろう。

「ユウト。グラウンドに出ないか。外の空気が吸いたくなった」

ネトが松葉杖をついて立ち上がったので、ふたりでCブロックを出た。

あれだけの騒ぎがあったのに、グラウンドでは大勢の囚人がボールを蹴《け》ったり、のんびりした顔で日光浴をしている。西棟の悲惨な状態さえ思い出さなければ、以前と何も変わらない日常の光景だった。

バスケットコート脇のベンチに、ふたりで腰を下ろした。

「いい天気だ。気持ちがいい」

ネトが目を細めて、青い空を見上げた。ユウトも顔を上げた。突き抜けるように澄み渡った青。自然とディックの瞳を思い出してしまう。

「ディックが消えて、寂しいだろう」

心の中を読まれた気がして、ユウトはドキッとした。

「みんなはディックがネイサンと一緒に脱獄したと噂しているが、俺はそうは思わん。ディックがネイサンのような男と、行動を共にするはずがない」

「ネトはネイサンが嫌いだったのか？　彼はみんなに好かれていたのに」

不思議に思って尋ねると、ネトは不快そうに首を振った。

「奴のどこが嫌いというわけじゃない。だがあの男は無性に気持ちが悪い。理屈じゃなくな」

ユウトはネトの鋭さに舌を巻いた。ネトには野生動物の勘のようなものが備わっているのかもしれない。

「脱獄する時にディックが声をかける相手がいるとすれば、お前しかないだろう」

「すごい。ネトは超能力者なのか？」

ユウトが笑うと、ネトは驚いたように振り返った。

「奴に誘われたのか？　なぜついていかなかった」

「行きたかったけど、断った。俺は大手を振って、正面玄関からここを出て行きたいんだ。警察に追われるような暮らしは嫌だよ。……でも、もしかすると出所できるかもしれない」

ネトの表情が輝いた。

「捜していた相手が見つかったのか？」

「ああ。でもまだ、どうなるかわからない。可能性は五分五分かな」

「きっと大丈夫だ。――見ろ、ユウト。燕《つばめ》がいる」

ネトの指さすほうに目をやると、一羽の燕が滑るように空を飛びまわっていた。

「気持ちよさそうに飛んでるな」

羨望《せんぼう》と憧憬《どうけい》を込めてユウトが呟くと、ネトの手が頭に伸びてきた。乱暴な手つきで、髪の毛をくしゃくしゃにかき乱される。

「お前もあの燕と同じだ。じきに自由になれる。好きなだけ空を飛んでいける。信じるんだ。運命は信じる者に味方してくれる。諦《あきら》めれば幸運は逃げていくぞ」

ネトの励ましに、ユウトは「そうだな」と呟いた。

ネトの言う通りだと思った。信じる力は生きていく力に繋がる。未来は自分の手で掴むものなのだ。

自分の未来を見据えるように、ユウトは青い空に羽根を広げる燕の姿を、両眼にしっかりと焼きつけた。


二週間後、ユウト・レニックスはシェルガー刑務所を出所した。自分が望んだ通り、正面玄関から外に出ることができたのだ。しかしそれはFBIとの取引が成立したからではなく、ポール・マクレーン殺害事件の真犯人が逮捕され、ユウトの無罪が証明されたからだった。

FBIによる徹底した捜査のやり直しが、真犯人逮捕に繋がったとして、マーク・ハイデンは恩着せがましい態度を示したが、ユウトはＦＢＩが以前から真犯人の目処《めど》をつけていたのではないかと疑った。ＦＢＩがこの真実を摑みながら、いざという時の切り札として温存していた可能性は十分に考えられる。

それでも約束は守らなければならない。ユウトは早速、ＦＢＩに情報提供を行った。コルブスの容姿の特徴はもちろん、彼が過去、ホワイトヘブンというカルト集団のリーダーであったこと、シェルガー刑務所の所長、リチャード・コーニングが、コルブス逃走の手助けをした疑いがあること、等々。ディックの個人情報に繫がる部分を除き、ユウトは自分の知るすべてをＦＢＩに語った。

その結果、思いがけないことが起きた。ＦＢＩがユウトを特別捜査官にリクルートしたいと申し入れてきたのだ。有能なＤＥＡ捜査官という前歴に加え、謎の多いコルブスと唯一、直接接触した経験を持つユウトを、ＦＢＩは貴重な人材として捜査に活用しようと考えたのだ。

その裏には、なんとしてもＣＩＡには負けられないという、ＦＢＩの意地のような思惑もあるとわかっていたが、ユウトはＤＥＡには戻らず、ＦＢＩで働くことを決意した。

ユウトは出所してから三日だけアリゾナに滞在して、家族と一緒に楽しい時間を過ごした。義兄のパコも休暇を取り、ＬＡから駆けつけてきてくれた。レティやパコはもちろんのこと、レティの姉家族もユウトの釈放を心から祝ってくれた。

三日目の朝、もっと一緒にいたいと涙を浮かべる妹のルピータをなだめて、ユウトはパコの運転する車で空港へと向かった。

ユウトはバージニア州クアンティコにあるFBIアカデミーに入学し、捜査官になるための研修を受けることになっていた。形式的なものだが、この研修を受けないことには、捜査官の資格が与えられない。

空港ではパコと固い抱擁をかわした。そして笑顔で別れ、ユウトは機上の人となった。

飛行機の中でユウトは不思議な夢を見た。

きれいな砂浜に、白いシャツとジーンズ姿のディックが立っていた。ディックは脱いだスニーカーを手に持ち、ジーンズの裾《すそ》が濡れるのも構わず、波打ち際をゆっくりと歩いている。

ユウトに気づき、ディックが手招きした。

『お前も来いよ、ユウト。冷たくて気持ちいいぞ』

頷いて駆け寄ろうとした時。

「……お客さま、お休みのところ申し訳ありません。間もなく着陸態勢に入りますので、シートベルトのご着用を願います」

客室乗務員に声をかけられ、目が覚めてしまった。

残念に思ったが、夢の中のディックはとても穏やかな表情をしていた。そんな彼の姿が見られただけでも、ユウトは嬉しく思った。

窓の外には青い空と白い雲が広がっている。眺めていると、自分はもう自由なんだという実感があらためて湧いてきた。

――コルブスを追っていれば、またいつかディックにも会えるかもしれない。

あの日、ちぎれたと思ったディックとユウトを繋ぐ糸は、まだ完全には断ち切れていなかった。ユウトは大きなチャンスを手に入れたのだ。

二度と重なることはないと思っていたふたりの未来が、同じ曲線を描いてどこまでも伸びていくような気がした。この偶然に賭けてみたいと思う。

不安と期待が胸に交錯していた。けれどそこに恐れはない。

自分を信じる気持ちが未来をつくる。

願う気持ちが運命を切り開いていくのだ。

ユウトの新たな人生が、これから始まろうとしていた。

あとがき

こんにちは、もしくは初めまして。英田《あいだ》サキです。このたびは拙作をお手にとっていただきまして、本当にありがとうございます。

通算で十五冊の著書ですが、キャラ文庫さまからは初めての本になります。初めてお世話になる出版社さまなのに、むさ苦しい刑務所が舞台……。あとがきページを大量にいただいたのも、きっと「なぜ刑務所モノなのか、しっかり説明（言い訳）してください」という担当さまのご配慮なのだと思い、頑張っていろいろ語らせていただきます。

刑務所モノ。なぜか昔から大好きでした。特に映画。最初にはまった刑務所映画はアラン・パーカー監督の『ミッドナイト・エクスプレス』だったと記憶しています。アメリカ人青年が旅行先のトルコで、大麻を持ち出そうとして逮捕され、同国の刑務所に収容されるのです。実話をもとにした映画ですが、どうしようもない暗さと救いのなさが衝撃的でした。

逆にスタローン主演の『勝利への脱出』（これは収容所モノですね）みたいな、ラストが爽快な脱獄ものも大好きです。仲間と力を合わせるのもよし、孤高にひとり計画を練るのもよし。苦労の末、成功して自由を勝ち取れた時の爽快感は格別です。

ちなみに映画ではありませんが、和田慎二《わだしんじ》先生の名作『スケバン刑事』では、主役の麻宮《あさみや》サキが謎の少年院に潜入する梁山泊《りょうざんぱく》編が大好きでした。懐かしのミミズ風呂……。

刑務所を舞台にした映画は相当観ましたが、基本的に「刑務所映画に駄作なし」だと思います。刑務所モノの面白いところは、たくさんの葛藤が最初から用意されているところでしょうか。正義と悪。罪と罰。信頼と裏切り。絶望と希望。閉塞感のある閉ざされた世界だからこそ、様々な要素がギュッと凝縮され、その結果、自然と濃厚な人間ドラマに仕上がる気がします。

男だけの濃い世界。しかもそこは、食うか食われるかのルール無用（笑）の弱肉強食ジャングル。逃げ場のない世界で、男たちは否応もなく、他人や自分自身と真正面から向き合うことを余儀なくされます。敵もできれば仲間もできる。時に憎悪が生まれたり、逆に友情が芽生えたり、たまには間違って、ついうっかり愛の花も咲いちゃったりして。

屈辱にまみれながらも、必死でプライドを守ろうとする姿。挫折を繰り返しながらも、頑なに自分らしさを貫こうとする姿。男たちのそんな姿に強く惹かれます。戦う男が大好きなのですが、強い男がボロボロに傷つく姿って妙にセクシーですよね。

去年の秋頃、雑誌の『小説Ｃｈａｒａ』で、ムショ萌えについてのエッセイを書かせていただいたのですが、その時もなんだかんだと熱く語っていました。それなのに、まだまだいくらでも語れてしまう。萌えって一度落ちるとはい上がれない、底なし沼みたいですね（笑）。

そんなわけで、担当さまに私の刑務所好きを訴えた結果、こうやって本作を書く機会を与えていただけました。いつか刑務所モノを……！　と夢見ていたので、実現して本当に嬉しいです。

　ですが、いくら嬉しくても実際に書くのはなかなか大変でした（当たり前）。執筆に入ったのは今年の春頃でしたが、書く前はあんなにワクワクしていたのに、いざ開始するとものすごく難しくて、かつてないほど完成までに時間がかかってしまいました。

　最初から続編を想定して作品を書いたのも、外国を舞台にしたお話もこれが初めてで、いろいろと戸惑いもありました。おまけに珍しくページ数をオーバーしてしまい（いつも足りなくて、後で書き足すのですが）、今まで書いた作品の中で一番長いものになりました。それでもまだ書き足りないと思っている自分に、「どれだけ刑務所モノが好きやねん」と思わず突っこみを入れたくなりました。


　担当のMさま、本当にこのたびはありがとうございました。初めてのお仕事なのに、思いきりご迷惑をおかけして、ひたすら平身低頭の私です。脱稿するまで申し訳なさすぎて胃に穴が空きそうでしたが、いつも優しく励ましてくださったおかげで、どうにか挫けず頑張ることができました。諸々のチェックや的確なアドバイスにも心から感謝致します。これに懲りず、どうかまた一緒にお仕事させてやってください。どうぞよろしくお願い致します。

　そして挿絵を担当してくださった高階佑《たかしなゆう》先生。素晴らしいイラストに身悶えしました。キャラの美しさと色気、加えてリアルな背景。本当に素敵です。きっと「刑務所モノは興味ないけど、絵が素敵だから読んでみよう」とお手にとってくださる読者さんが、大勢いらっしゃることと思います。本当にありがとうございました。また次の本でもよろしくお願い致します。

最後に読者の皆さま。刑務所モノのお約束要素をたっぷり詰め込んだ『DEADLOCK』、いかがでしたでしょうか。少しでもお楽しみいただけたなら嬉しいです。ぜひお気軽にご感想など、お聞かせくださいませ。

DEADLOCKは直訳すれば「膠着状態」や「行き詰まり」ですが、IT用語では複数のプロセスが、互いに相手の占有している資源の解放を待ってしまい、処理が停止してしまうことを意味します。

同じ男を追いながら、互いの存在に邪魔され目的を果たせなかったユウトとディック。深く惹かれ合いつつも、本作では別れたままお話が終わりましたが、次の本ではちゃんと再会する予定です。外の世界に舞台を移したふたりの関係が、コルブス捜索と共にどう変化していくのか。ユウトとディックの再会編、ぜひ読んでやってくださいね。離れているほど、愛は募るもの。きっと情熱的な再会シーンになるだろうと、私自身、今から書くのがとても楽しみです。

次こそはきれいなベッドの上で、ふたりが愛を確かめ合えますように（笑）。

二〇〇六年九月　英田サキ

この本を読んでのご意見、ご感想を編集部までお寄せください。

《あて先》〒105－8055　東京都港区芝大門2－2－1　徳間書店　キャラ編集部気付

「DEADLOCK」係

■初出一覧
DEADLOCK……書き下ろし

Chara

DEADLOCK……【キャラ文庫】

2006年9月30日 初刷
2009年2月25日 8刷

著者 英田サキ
発行者 吉田勝彦
発行所 株式会社徳間書店
〒105-8055 東京都港区芝大門2-2-1
電話048-451-5960(販売部)
03-5403-4348(編集部)
振替00140-0-44392

印刷・製本 図書印刷株式会社
カバー・口絵 近代美術株式会社
デザイン 海老原秀幸

ISBN978-4-19-900408-7

投稿小説★大募集

『楽しい』『感動的な』『心に残る』『新しい』小説——

みなさんが本当に読みたいと思っているのは、どんな物語ですか？　みずみずしい感覚の小説をお待ちしています！

•応募きまり•

[応募資格]

商業誌に未発表のオリジナル作品であれば、制限はありません。他社でデビューしている方でもOKです。

[枚数／書式]

20字×20行で50〜100枚程度。手書きは不可です。原稿は全て縦書きにして下さい。また、800字前後の粗筋紹介をつけて下さい。

[注意]

①原稿はクリップなどで右上を綴じ、各ページに通し番号を入れて下さい。また、次の事柄を１枚目に明記して下さい。
（作品タイトル、総枚数、投稿日、ペンネーム、本名、住所、電話番号、職業・学校名、年齢、投稿・受賞歴）
②原稿は返却しませんので、必要な方はコピーをとって下さい。
③締め切りは特別に定めません。採用の方にのみ、原稿到着から３ヶ月以内に編集部から連絡させていただきます。また、有望な方には編集部からの講評をお送りします。
④選考についての電話でのお問い合わせは受け付けできませんので、ご遠慮下さい。
⑤ご記入いただいた個人情報は、当企画の目的以外での利用はいたしません。

[あて先]

〒105-8055 東京都港区芝大門2-2-1
徳間書店 Chara編集部 投稿小説係

投稿イラスト★大募集

キャラ文庫を読んで、イメージが浮かんだシーンをイラストにしてお送り下さい。キャラ文庫、『Chara』『Chara Selection』『小説Chara』などで活躍してみませんか？

•応募きまり•

[応募資格]

応募資格はいっさい問いません。マンガ家＆イラストレーターとしてデビューしている方でもOKです。

[枚数／内容]

①イラストの対象となる小説は『キャラ文庫』か『Chara、Chara Selection、小説Charaにこれまで掲載された小説』に限ります。
②カラーイラスト１点、モノクロイラスト３点の合計４点。カラーは作品全体のイメージを。モノクロは背景やキャラクターの動きの分かるシーンを選ぶこと（裏にそのシーンのページ数を明記）。
③用紙サイズはＡ４以内。使用画材は自由。

[注意]

①カラーイラストの裏に、次の内容を明記して下さい。
（小説タイトル、投稿日、ペンネーム、本名、住所、電話番号、職業・学校名、年齢、投稿・受賞歴、返却の要・不要）
②原稿返却希望の方は、切手を貼った返却用封筒を同封して下さい。封筒のない原稿は編集部で処分します。返却は応募から１ヶ月前後。
③締め切りは特別に定めません。採用の方にのみ、編集部から連絡させていただきます。また、有望な方には編集部から講評をお送りします。選考結果の電話でのお問い合わせはご遠慮下さい。
④ご記入いただいた個人情報は、当企画の目的以外での利用はいたしません。

[あて先]

〒105-8055 東京都港区芝大門2-2-1
徳間書店 Chara編集部 投稿イラスト係